人生の切り売り

JINSEI NO KIRIURI

亀山真一
KAMEYAMA SHINICHI

幻冬舎MC

人生の切り売り

目次

人生の切り売り

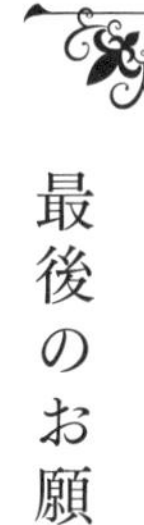

最後のお願い

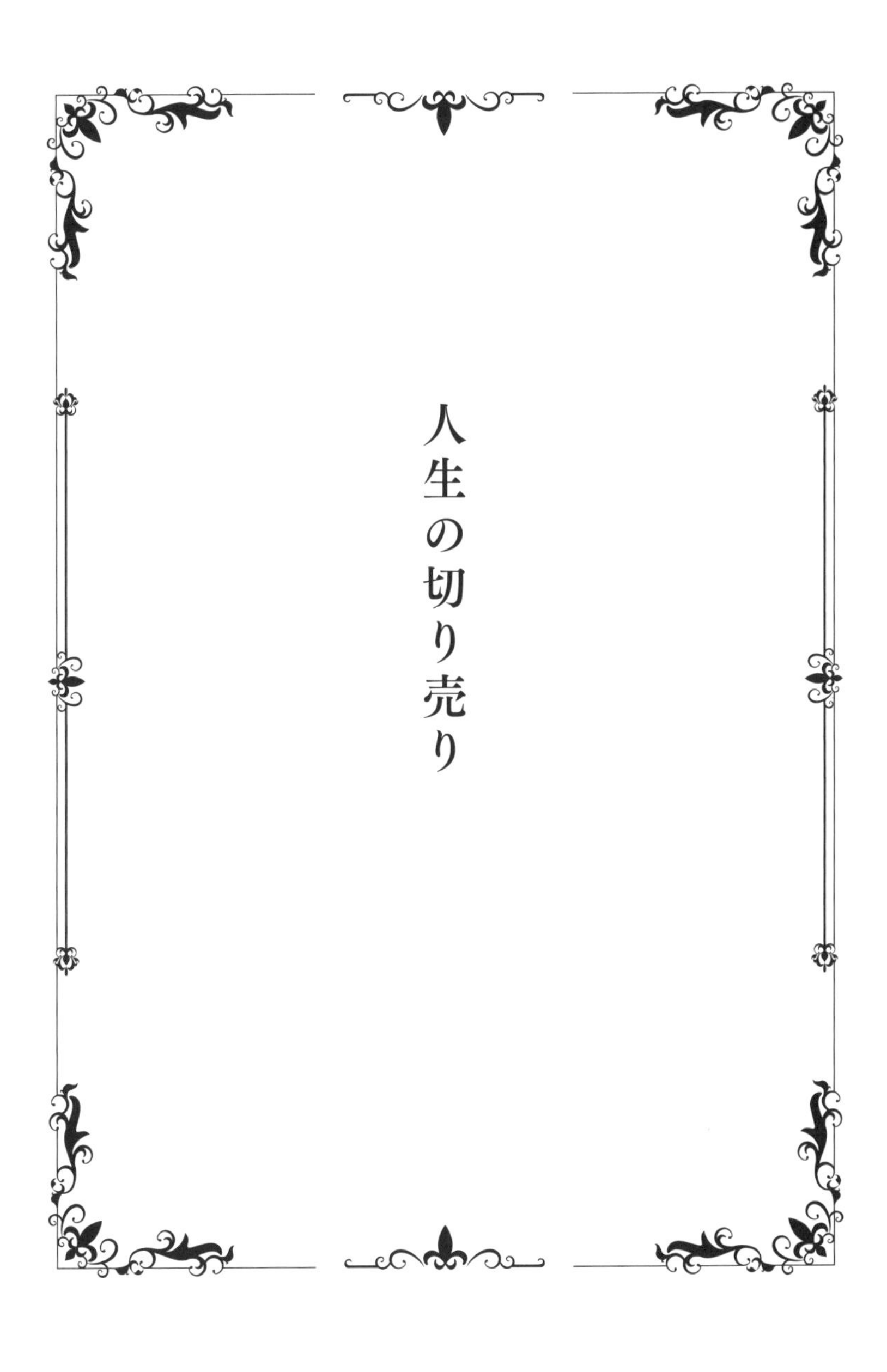

人生の切り売り

一　契約

ハイボールのグラスを空けても私の心は晴れなかった。

自分でも良くないと思いながら二杯、三杯と手を出して、気付けば先程食らったダメ出しについて延々と考えている。テーブルに突っ伏し、ひっつめ髪がぐしゃぐしゃになるまで掻きむしる姿は、傍から見てさぞ「やばい女」であったことだろう。

「失恋の話なんかこの世界に腐るほどあるんだって」

「うん？」

「恋愛より夢に生きる女なんか今時珍しくもなんともないんだって」

言いたいことは分かる。分かるけども。

「だからネタにならないってことはないよね？」

散々こき下ろされた企画書を、私はまだ握りしめていた。未練タラタラの過去を下敷きにしたプロットに、更なる未練が募っていく。

「確かに私の恋愛は特別ではなかったかもしれない。でも、その分リアルで共感できるものを描く自信はあったんだ」

　ぐらぐらと重たい頭を持ち上げて、ハッとした。

　――私は今、誰と話している？

　目の前に知らない男が座っている。シャープで整った顔立ちの彼は、長年私の愚痴に付き合ってきた親友のように平然と相槌を打っていた。

「それで？」

「……だから、却下されようがこのプロットは小説にしようと思ってて」

「君が書くの？」

「もちろん」

　反射的に頷いてから記憶を検索するが、やはり見覚えはない。

　色白できれいな肌艶は、まだ二十代前半のものではないだろうか。私が言うのもなんだけど、平日の早い時間から安い飲み屋にいて、シンプルな黒のシャツを着ているイケメンはお勤めしている人間に見えない。

　初対面のアラサー女にタメ口なのも、社会に染まっていない学生さんだと思った方がしっくりくる。

「小説家だっけ？」

「えっと、はい。全然売れてないんですけど」

　少し酔いのさめてきたこちらは、年下相手だろうが丁寧語が交じる。彼がどこの誰であろうと、飲んだくれの愚痴に付き合ってくれるいい人であることは間違いない。

「すいません、見ず知らずの方に。私、神野（じんの）あすみと――」

「ああ、いいよ。そういうのは」

自己紹介をさらりと無視して、彼は尋ねた。

「売れたいの？」

「そりゃ……でも、だからって売れ筋に流されるのは嫌なんです」

「何で？」

「だって」

私は私の小説を書きたい。私の小説で売れたい。この企画書には私の人生が詰まっている。それを「ありきたり」と片付けられてしまうのは、どうしても納得がいかないのだ。

「私の人生、ちゃんと売れると思うんです」

「そうなんだ」

漆黒の瞳がこちらをじっと見つめる。彼は唐突に切り出した。

「じゃあ売ってみる？」

「え？」

「君の人生、僕が売ってあげようか？」

向かいの席に座っていたはずのイケメンが、いつの間にかすぐ隣にいる。今にも触れそうな距離で目の当たりにしても、肌の白さときめ細かさは健在だった。

「どういうこと……ですか？」

「そのまんまの意味」

つやつやした薄い唇が魅惑的な笑みを湛える。

「君は自分の小説を、人生を売るために悪魔と契約する。どう？」

「あなた、悪魔なの？」

「そうだよ」

悪魔的に美しい彼がゆっくりと首を縦に振る。そんなわけはない。学生さんが酔っぱらいをからかっているのだ。

とはいえ、こちらも小説家の端くれだ。その言葉に乗る以外の選択肢はない。

「いいよ。契約しよう」

すると彼は、これまた唐突に口づけてきた。

私を引き寄せる右手は目が覚めるような冷たさで、重ねた唇は火傷しそうなほど熱い。

「契約って、そういうこと？」

「うん。これで君の魂は僕のものだから」

「へえ」

イケメンとこんなに気持ちのいいキスができるなら、悪魔と契約するのも悪くない。

藤島希枝(ふじしまきえ)はおそらく私のことが嫌いだ。だから私も、彼女を好きになれない。

「神野さん、どうしてボツにしたプロットで小説書いてくるかな？」

「すいません」

手入れの大変そうな長い髪を揺らし、姿勢よく座って腕を組み、キンと響く声で威圧する。できる女を装って、いつもただ文句を並べているだけなのだ。

それが証拠に、彼女は目の前に置かれた原稿を手に取ろうともしなかった。

「時間の無駄。こんなもの書く暇があったら、もっとましな企画を作ってきてくれない？」

そうはいっても藤島は私の担当編集者であり、彼女に認めてもらえなければ私の小説はまず書籍にならない。売れる、売れない以前の問題だ。

縮こまっていても仕方ない。と、そっとお伺いを立ててみる。

「あの、読んでみてはもらえませんか？」

「は？」

「ホントに自信作なんです」

データを送るだけでは無視される気がして、プリントアウトした原稿を直接編集部へ持ち込んだ。けれども結局は応接スペースで不毛なやり取りが続いている。おまけに藤島の声はよく通るから、ほとんど公開処刑であった。

私は改めて頭を下げた。

「お願いします」

「あのね――」

襲いかかってくるはずの言葉に身構えたが、それがふと、消えてしまった。

「？」

彼女の視線が動いた先へ振り返ると、見覚えのあるイケメンが立っていた。三ヶ月ほど前にキスを交わした、自称悪魔。

「お待たせ」

男はごく自然に私の隣に座り、スラリと長い足を組む。服装は以前と同じ黒づくめだが、それを地味とは思わせないオーラがあった。

キョトンとしたままの藤島希枝に、彼は悪魔的な笑顔を向ける。

「読んであげてよ」

「……え？」

「彼女、頑張って書いてたからさ」

そうだよね。とばかりにこちらを一瞥(いちべつ)したので、私はぶんぶん頷いた。それを見た藤島はようやく自分の職分を思い出したようだ。

「頑張ればいいってものではないんですよ。小説は売れるか売れないかで判断するんです」

「だから読んで判断してほしいってことじゃないの？」

「そうです！」

すかさず私も同調する。

お忙しい編集者様は、プロットを突き返してばかりでなかなか本編を読んでくれないが——。

「ね？」

イケメンが一言頼むと、状況は一変した。彼女は今まで触れようともしなかった原稿を手に取り、何故か席を立つ。

「ちょっと目を通してくるから、ここで待ってて」

「え？　はい！」

その後ろ姿を見届けると、私は勢い彼の手を握った。

「なんだかよく分からないけど、ありがとう」

「そういう契約だからね」

「へ？」

彼はその手で私の頬に触れた。親指が、ゆっくりと唇をなぞる。

「悪魔と取り引きしただろう？」

あのキスは確か、プロットにダメ出しされて飲んだくれていた時に——。

「人生を売る、とかなんとか」

「そう。だから売り込みに来てあげたわけ」

それは悪魔の力というより、イケメンが女性編集者をたらし込んだだけではないだろうか。

「納得のいかない顔してるけど、今回は僕も大変なんだからね」

「はい？」

「君のお願いが特殊すぎるんだよ」

そう言って彼は改めて説明を始める。

私は頷いた。仔細はまちまちだが、そのイメージは間違いなくある。

「魂をいただく代わりにその人間の望みを一つ叶えてやる。それが悪魔と人間の契約の基本だ」

「一番簡単な例を挙げよう。大金持ちになりたいと言われたら、目の前に大金を積んでやる」

「……そのお金、どこから出てくるの？」

「ん？」

「出所不明の大金を渡されても困るだけじゃない。それでしっぺ返しを食うのがフィクションのお約束」

物書きの性だろうか。そんなことが気になって仕方ない。

「契約の際に指定されたらその通りに用意するよ。どんな願いでも叶えてやるのが悪魔だからね」

「そんなこと言って、指定する余裕なんかないでしょう」

私も既に悪魔と契約しているらしいが、その内容を吟味した覚えはない。

「心外だな。君は明確に同意したし、願いを聞き出すために僕は延々と君の愚痴に付き合ってやったじゃないか」

「それは……」

「代償として魂をいただくわけだから、そこは丁寧にやってるよ。ただ、後のことは一切関知しない。さっきの例だと、手に入れた大金で幸福になるか不幸になるかは契約した人間次第だ」

しっぺ返しを受けたとて、悪魔のせいではないと主張したいらしい。

「でも、最後に魂は持っていくんでしょう？」

「契約者が死んだ時にね。人間の生死も悪魔のあずかり知らぬことだから、魂に印だけ付けておくんだ」

その指先がまた私の唇に触れる。彼と口づけを交わした際、確かにそんなことを言われた気がする。

「ところが君の願いは、悪魔の力をもってしても厄介だった。自分の人生を売り込みたいだなんて、小説家の発想は恐ろしいね」

自称悪魔が真顔で告げる。

「でも、ベストセラーを出したい小説家や世界を感動させたい音楽家なんて、他にもたくさんいるでしょう？」

「そういうのは一発ちょいと当ててやればいい。次回作も売れるかどうかは契約の範囲外になる」

「私は違うと？」

「だって君は人生を売りたいんだろう？　君の人生は元彼と共に過ごした時間だけじゃない、現時点で約三十年分のネタがある。これから十年、二十年と生きていけば更に増えていく」

「……それって、これから私が書く小説を全部あなたが売ってくれるってこと？」

「実質そういうことになるね」

彼はさらりと頷いた。

「君はなかなか面白い望みを口にしたよ。執筆は自分でするから、作品の売り込みだけ悪魔に頼りたいと」

こんなに都合のいい条件があるだろうか。

今の話はすなわち、自分は書きたいものを書くだけで後は悪魔がなんとかしてくれるということだ。それが本当ならば、私は小説家としての矜持を保ったまま成功する契約を結んだことになる。

「おかげでこの三ヶ月、僕は君が小説を書き上げるのをひたすら待つことになったよ」

「それは……お待たせいたしました」

これでもかなり早く書けた方なのだが。

売れない小説家は生活のために週四日、派遣社員として働いている。調子のいい時でも一日せいぜい三千字、一本の小説を仕上げるのに三ヶ月という期間は恐ろしく短い。

「時間の問題じゃなくてさ。もし君が書き上げることができなかったら、僕が契約不履行になるところだったんだ。悪魔が契約した人間の願いを叶えられないなんて、前代未聞だよ」

「もし叶えられなかったら、どうなってたの？」

——契約不履行の悪魔。

作家的にそそられるワードだが、答えは返ってこなかった。

「ねえ、執筆も手伝ってって泣きついたりしない？」

「はい？」

「だって僕の力で書いた方が、この先お互いに楽だろう？」

彼はまた美しい微笑を浮かべたが、不思議と魅力を感じなかった。

「嫌です。私は小説が書きたいから小説家になったの」

産みの苦しみは私のものだ。悪魔には渡さない。

酔っ払った自分がそこまで考えていたわけではないだろうが、本当に都合のいい契約だった。

「残念。でも一つだけお願いを聞いてくれないかな」

「悪魔がお願いするの？」

「説明した通り、この契約はアフターケアが大変なんだ」

そういえばこの男、本当に悪魔なのだろうか。

小説家の想像力で話にはついてきてしまったが、イコール信じているわけではない。証拠は何一つ提示されていないのだ。お願いの内容によっては、即刻警察に相談した方がいい気もする。

「君が次にいつ新作を書き上げるのか分からないから、書く気があるうちは僕をそばにおいてほしい」

「……へ？」

「執筆の進捗状況に手を出せないなら、逐一確認しにくるよりもずっと一緒にいた方が楽なんだよ」

「一緒にって」

やはり警察案件だろうか。と、思った瞬間に彼は顔面偏差値にものを言わせてきた。

「ダメかな？」

漆黒の瞳がこちらを覗き込み、つやつやした唇が魅惑的な笑みを湛える。

ああ。彼の話が全てでたらめだったとして、年下イケメンの申し出を断る理由があるだろうか。

「分かりました」

「そう来なくっちゃ」

既に私は悪魔の掌の上にいる。

「神野さん」

「はい？」

気付けば、藤島希枝が戻ってきていた。

「彼氏とイチャイチャはよそでやってくれない？」

指摘されて初めて、自分が彼と触れ合う寸前の距離にいたことを自覚する。反射的に飛び退いて、座ったまま空けられるだけ間隔を空けた。

「すいません！　いえ、違くて……あれ？」

しかし彼女はそれ以上追及してこなかった。向かいに座り直すと、今まで見たことないような温かい笑顔を作る。

「神野さん、良かったよ」

「え？」

「こんなにリアルに迫った描写ができるなら言ってよ。そういうのプロットからじゃ分からないんだから」

そう主張しても、プロットを突き返し続けたのはこの女ではなかったか。

「だから言ったでしょう」

自称悪魔が得意げに割って入る。

「彼女の小説、じゃんじゃん売ってください」

「はい、頑張ります」

……ええ？

藤島は校正のスケジュールから書籍化までの段取りを確認すると、上機嫌でお見送りまでしてくれた。

出版社の正面玄関で、イケメンと二人きりになる謎の状況。

「あなた、何者？」

「悪魔だって言ってるじゃないか」

彼はまた、魅惑の笑顔で全てを丸め込んでいく。

二　再会

藤島希枝から謝罪の電話が掛かってきた。

「今の売れ行きを考えたら重版でもおかしくないのに、力足らずでごめんなさい」

むしろ彼女が重版を狙っていたことに驚いた。これまでの実績を考えれば、多少売れ行きが良くても初版で打ち止めとなるのは妥当な判断だろう。

「次回作、期待してるから」

「……はあ」

電話を切ると、目の前に悪魔の微笑みが迫る。

「だから言ったろ。絶対に売れるって」

「それがあなたが悪魔だって証拠にはならないけどね」

この神出鬼没ぶりなら証拠になるかもしれないが。たいして広くないワンルームには、先程まで私しかいなかったはずだ。

編集とのやり取りの間、私は無意識に背筋を伸ばし、ソファの中央に座っていた。二人掛けで右も左もスペースが足りなかったからか、彼はひじ掛けに身を預けるようにしてこちらを見下ろしている。

「分母がまるっと人生だからな。恋の思い出の一つや二つ、売ったところで何百万部のベストセラーにはならないってことか」

「悪魔のくせに、その辺り把握してないわけ？」

私が出した小説は売れた。が、その数字は実にリアルだった。

「君のお願いが特殊すぎるんだよ」

うそぶくその顔が、きれいすぎて憎めない。

「で、次回作はどうするの？」

「もう少し待って。今、考えてるから」

この数ヶ月、私は悪魔がいる生活に慣れるのでいっぱいいっぱいだった。独身アラサー女の部屋に突然イケメンが転がり込んできたら——それが人間ではなかったとしても——意識せずにはいられない。

要するに、執筆どころではなかったのだ。

「書けないなら僕が書かせてあげようか？」

「言ったでしょう。産みの苦しみは私のものだって」

もともと私はコンスタントに書き続けられる作家ではない。スイッチが入るまでいつものたうち回っているし、この度は書籍化が決まったことで満足感や達成感に浸ってしまっていた部分もある。

「そうやって悠長なこと言ってるから、いつまでも売れない小説家なのかもしれないけど」

「大丈夫。君の人生は絶対に売れるよ」

その言葉に少々実績が伴ったところで、彼がただの神出鬼没な男前である可能性は捨てきれない。

「ただ、君が書いてくれないと僕にはどうしようもないんだけど」

「それは……ごめんなさい」

不意に彼が、こちらへ向かって手を伸ばした。冷たい指先が顎を捕まえ、滑らかに動いて唇に触れる。

「全部任せてくれれば楽になれるのに」

「だからそれは——」

悪魔の誘惑を遮ったのはインターホンの音だった。

無駄に高い身長、浅黒い肌、その割に威圧感のない柔和な表情に見惚れてから彼の名前を思い出す。

「掛橋(かけはし)くん！」

「久しぶり、あすみちゃん」

「どうしたの急に？」

「小説読んだよ。だから……」

掛橋護（まもる）はそこで言葉を切った。明らかに「立ち話もなんだから」と部屋に上げてもらうことを期待している。

「ちょっと待ってね」

慌てて引き返すと、悪魔が我が物顔でソファに寝そべっていた。奥のベッドが乱れていることも手前のキッチンが片付けの途中であったことも、それに比べたらどうでもいい。

「悪いけど、ちょっと出てってくれない？」

「何で？」

「えっと……」

「君が売った元彼が会いにきたから？」

「人聞きの悪いこと言わないでよ」

彼はおもむろに立ち上がり、玄関へ足を向ける。

「待って！」

「出ていくんだろう？」

それでは掛橋くんと鉢合わせてしまう。

「いつもみたいに、どこへともなく消えてほしいの」

「うん？」

ニヤニヤしつつ気のない返事を寄越す悪魔は、完全に面白がっているようだった。

彼がこのまま居座った場合、一時的にバスルームに押し込めるような措置でも大丈夫だろうか。

なんて、考えている間にその姿は消えていた。ひとまずは無事に掛橋くんを出迎える。

その背丈を縮こまらせるようにしてソファに座る彼は、悪魔とはえらい違いだった。

「コーヒーにする？　紅茶にする？」

「……それ聞く？」

「え？」

「ブラックコーヒーが飲めない男だって、ばっちりネタにしてたじゃないか」

そうだっけ？

「じゃあ紅茶にするね」

手早く紅茶を淹れ、カップ二つをローテーブルに置いて、私も長方形の隣の辺に座る。

「ホントに久しぶり。いつ以来だっけ？」

「あすみちゃんが会社を辞めた日以来だよ」

「ああ、そっか」

同じ会社の派遣と社員だったのだから、そうに決まっている。

前の職場は派遣の事務員をきっちり三年間雇ってくれたいい会社だった。今の職場だって、お給料は少ないけれど週休三日で小説を書く私のライフスタイルに理解がある。

「俺はあすみちゃんに小説家よりお嫁さんになってもらいたかったんだけど、君はそれすらネタにするんだね」

「……」

「いや、責めてるわけじゃないよ。実際に小説を出版できたってことは、あすみちゃんには才能があったってことだし」

その小説を書いたのは間違いなく私だけれど、プロットを突き返されて悪魔に売り込んでもらった自分に才能があるのかは分からない。

「どうだった？」

「へ？」

「読んでくれたんでしょう？」

「ああ」

掛橋くんが苦笑する。

「小説家に言うのは筋違いかもしれないけどさ」

「うん？」

「あんなに赤裸々に書くことないだろう」

「……あんなに？」

彼は紅茶のカップを手に取り、一度ゆっくりと口に含む。

「だって、初めてのデートとか完全に俺たちだったし。いや、それは別にいいんだけど……ベッドシーンとかそのまま書くんだなとか」

あ、そういう。

「いいじゃない、もう終わったことなんだし」

それにベッドの中なんて結局はみんな同じようなことをしているのだ。掛橋くんが恥ずかしがることではない。

と、言ったら彼はドン引きだろうか。

「ホントにそう思ってる？」

「はい？」

「あれは終わったと思ってる人間の文章じゃないだろ？」

こちらに向いた彼の視線には、何かしらの期待が込められていた。売れない小説家という人種を受け入れられなかった男がそんなものを持ち出すとは、少々意外であったが。

「私はまだ売れない小説家だからね」

「分かってるよって、言ったら失礼か。でも、本当に売れちゃって手が届かなくなる前にあすみちゃんの気持ちを確認しておきたくなったのかもしれない」

掛橋くんがいい奴だということが、ひしひしと伝わってくる告白だった。

「うーん、書いてる時は確かに未練タラタラだった気もするんだけどさ」

「え？」

「書き晒してすっきりしちゃったのかな。ホントにもう終わったことなの」

久しぶりに掛橋くんの顔を見て、懐かしさはあれどもそれ以上の感情には至らなかった。たぶん、それが答えだ。

「そっか。だったら俺も、もう忘れた方がいいのかな」

「忘れるって言うと淋しいけど」

前を向けたらいい。ということを伝えようとして――愕然とした。

「何で……？」

悪魔がしれっとそこにいるのだ。ソファのすぐ脇に立ち、真顔で掛橋くんのことを見下ろしていた。

私の視線を追って振り向いた彼の顔を、更に遠慮なく覗き込む。

「この男が売っ払ったっていう元彼か」

不躾（ぶしつけ）な呟きに、反射的に言葉を被（かぶ）せる。

「どうして戻ってきたの？」

「君に頼まれたのは『ちょっと出てって』とそれだけだから、いつこの部屋に現れようと僕の勝手だろう」

悪魔は掛橋くんから視線を逸らすことなく答えた。その声音はやっぱり面白がっている。

「そもそも君の言葉に従う義務も、僕にはないんだし」

「じゃあ最初からそう言ってよ」

きちんと対応を考えられていれば、私が掛橋くんを連れ出すという選択肢だってあったはずなのに。

容赦ない視線を浴びた掛橋くんが勢いよく席を立つ。

「ごめん、あすみちゃん」

「え？」

「俺のことなんか、そりゃもう過去だよな」

何も悪いことなどしていないのに謝る元彼を見て、こちらが焦った。

「違うの、掛橋くん」

「お邪魔しちゃってホント申し訳ない」

あれ、でも……このまま勘違いさせた方が彼のためにはいいのでは？

帰ると言い出した掛橋くんを大人しく見送ることにした。とはいえ、玄関先できっちり非礼は詫びておく。

「ごめんね。まさか急にあれが現れるとは思わなくて」

「いや、こちらこそ。びっくりしたけど元気そうで安心した」

本当にいい人である。むしろ私たち何で別れたのだろう？

「ネタにしたからには売れてくれよ。あの小説は俺のことだって、後々自慢するんだから」

「忘れる気ゼロじゃない」

「確かに」

それでも笑顔で別れることができたから、終わり良ければ全て良しと思うことにしよう。

初めて掛橋くんとベッドを共にした時、彼なら大丈夫と思ったから肌を晒した——はずだ。自身最大のコンプレックスを誠実に受け止めてくれたところははっきりと覚えているのに、前後の記憶が曖昧なのはなんだかんだ緊張していたってことかもしれない。

「その傷痕は後生大事に取っておいたんだ」

全てを見透かした声が冷たく響く。

「……え？」

「僕が売り込んだ小説に、それに関する描写はなかっただろう？」

掛橋くんを帰してから少々ボーッとしていたらしい。ベッドに座り込んだ私の隣に悪魔が並ぶ。

「知ってたの？」

「僕を何だと思ってるの？」

悪魔だと、そろそろ正式に認めるべきだろうか。

彼の指先が左の肩口をなぞっていく。服の上からでもゾクリと身震いするような手つきだった。

「まあ、知ってるのは君が必死に隠してるってことだけだけどね。悪魔は人間の事情には踏み込まないから」

ならば洞察力が鋭いだけかもしれない。と、なかなか決定打を与えてくれない。

私は彼に背を向け、思い切ってシャツのボタンを外した。袖を通したままオフショルダーのように肩から背中を晒して、大きな火傷の痕を露わにする。

「どう？」

「……どうって？」

傷痕にも服を脱いだことにも動揺しない悪魔は、やはり人間らしい感情が欠如しているようだ。

「えっと、まだ残ってる？　自分からは見えにくい位置だからさ」

「ああ、あるね」

淡々と答える彼の反応は、同情や軽蔑がないという点で心地よかった。

「もう二十年以上前になるかな」

同じ話を掛橋くんの前でした時も、私はベッドに座り込んでいた。

その日、私は妹のみらいと小学校のグラウンドにいた。おそらくＰＴＡ主催の縁日のようなイベントに来ていたのだと思うが、仔細はとうに忘れてしまった。覚えているのは、目を離すとすぐにどこかへ飛んでいってしまう妹の背中をひたすら追いかけていたことだ。

「気付いたら頭の上から巨大な鍋が降ってきて、私はとっさにみらいを抱きしめた」

その結果妹は無事だったのだから、姉としての判断は間違っていなかったはずだ。ただ、私自身は結構な火傷を負うことになった。

「まさかここまで痕が残るとはね。直後の対応が悪かったのかな」

自分も周囲もパニックだったから、とにかく冷やすという応急処置の基本が守られなかったのかもしれない。おかげで私は、襟の詰まった、袖の長い服ばかり着ている。出没自在な悪魔が現れてからは自室で一人でいる時さえ肌を隠すことに気を使っていた。

「この傷――」

悪魔の手が今度は直に触れる。思いの外優しい感触に襲われ、身をすくませた。

「何？」

「わざわざ見せたってことは、僕に治してほしいの？」

「……できるの？」

「できないことはないけど」

傷痕を辿るようにして、彼の手が肩から背中を這う。反射的に飛び退くように立ち上がったが、男の顔に感情らしい感情はなかった。

「君との契約は済んでるのに、何で僕が治してやらないといけないの？」

「ですよね！」

勝手に裏切られた気分になって、すごすごとシャツを羽織った。いったい何を期待してるんだか。

「ただ、売ることならできるよ」

「え？」

「むしろ小説にはおあつらえ向きの話じゃないかな？」

また絶妙なタイミングで悪魔の微笑みが魅惑する。どうしてこんなイケメンが、私のベッドに胡坐（あぐら）をかいているのだろう。

「書こうと思ったことはないの？」

「……この件に関しては、ある」

けれどもみらいが読んだらと思うと、なかなか筆が進まなかった。

「私にとって妹は最初の読者なんだよね。今でもたまに感想をくれるから、あの子が傷つくようなものは書きたくなくて」

おそらく彼女は、あの日のことを覚えてない。私が頑なに露出を嫌がる理由も分かっていないような気がする。それなのにいきなり過去を引っ張り出したら、ショックを受けるんじゃないだろうか。

「妹を守った名誉の負傷に後悔はない。でも――」

可愛くて素直で苦労せずに育ったみらいを見ていると、ちょっと複雑な気分になる。この傷をネタにするのであれば、妹と比較して卑屈になっている自分の性格の悪さをもろに描いていくことにもなるだろう。だから躊躇してしまうのだ。

「小説書いてる時点でひねてる自覚はあるけど、それを家族に見せるとなると急にハードルが高くなるんだよね」

「でも書きたいんだろう?」

「へ?」

不意に、悪魔が私の身体を引き寄せた。

前身ごろがはだけたシャツにその手を忍ばせ、再び直に左肩に触れる。いつもは冷たい彼の手がこの時ばかりは温かく感じた。

「君がわざわざ『人生を売りたい』と言い出したのは、そういう書きたいのになかなか書けないネタが念頭にあったからじゃないかな？」

「……そう、なのかな」

悪魔の言葉に乗せられて、そうではないかという気になってくる。

「僕がついてるんだから、今まで書けずにいたネタも突き返されて書くことを諦めたネタも、心置きなく書けばいいよ」

耳元でささやく声はいつにも増して、甘い。

「もし書けないのなら――」

しかし次の瞬間、私は自然と悪魔を突き放し、静かにボタンを掛け直していた。

「それはだからいいんだって」

「うん？」

「全部私が書くんだから」

「……君も強情だね」

くすりと彼がこぼした笑顔は、こちらを手玉に取る時とは違う、なんともキュートなものだった。

それから私はとり憑かれたように小説を書き始めた。といっても、スイッチが入るとだいたいそうなのだ。躊躇（ためら）うどころか踏み込みすぎた気がしてならないが、ここで立ち止まったら終わりだと即座に藤島希枝に送りつける。

姉妹関係をドロドロと描いたその小説は、悪魔の力としか思えない速さで売れていった。

三　錯誤

「そういえば今日は彼、どうしたの？」

藤島に聞かれて、私は隣の椅子へ目を向けた。前に来た時はしれっと座っていた悪魔の姿が今はない。

「ヤダ、いないい方が普通よね。神野さんがしれっと連れてきてたものだから」

「……なんかすいません」

悪魔が売ってくれた二作目の刊行とほぼ同時、三作目の出版が決まった。今日はその校正と諸々の打ち合わせだから、彼が売り込む必要はないのである。

「あの子、名前は？」

「へ？」

「何度か会ってるのに知らないなと思って」

私も知らない。そもそも名前なんてあるのだろうか。

「そうですね、ナツメくん……とか？」

「え？」

名前がないから漱石って、ちょっと安直だったろうか。でも『吾輩は猫である』の冒頭がとっさに降りてきてしまったのだから仕方ない。

「あんな年下のイケメンよく捕まえたわよね。しかも結構続いてるでしょう」

藤島の年齢は知らないが私とそう変わらないように見える。だから尚更、あの超絶美形が隣に座る光景が信じられないのだろう。彼がいないこの機会に根掘り葉掘り聞くつもりらしい。

「実際、彼いくつなの？」

「さあ？」

百年でも二百年でも生きてそうだし、それ以前に「生きて」いるのかも分からないし。

「何してる子？」

「えっと……」

「もしかして仕事してないの？　ヒモ？」

「ではないですよ。お金を要求されたことはないし」

どちらかというと「居候」という言葉の方がしっくりくる。突然転がり込んできたイケメンは、ただそこにいるだけで経費は一切掛からない。もはや都合のいい男だった。

「でしょうね。神野さんにヒモを養う経済力はまだないものね」

言ってくれる――と、突っ込もうとして気が付いた。

「まだ？」

「これから売れるでしょう。というか、私が売ってみせるわよ」

彼女はさらりと言ってのけた。

悪魔が現れてから一番変わったのは藤島希枝の態度だろう。

それは単なる手のひら返しではなく、彼女自身が編集者として目覚めたような豹変ぶりだった。

少し前まで仕事ができるようには見えなかったのに、先程の打ち合わせでもより良い装丁のためにデザイナーを探していると得意げに語っていたのだ。もう驚くしかない。

「お金じゃないならよっぽど気が合うのか、身体が合うのか」

「ちょっと、やめてくださいよ」

「何恥ずかしがってるの？　元彼とのあれこれを晒しまくってる恋愛小説家が」

おっしゃる通りではあるのだが。

「彼とはそういうことはないので」

「は？」

キンと周囲に響き渡るような声音だった。ハッとした彼女は口元を押さえ、声を低くして尋ねる。

「じゃあ、どういう関係？」

「……プラトニックな関係、ってやつですか？」

「そういうことじゃなくて」

死後に魂を明け渡すのだから、本当の意味で精神的な関係かもしれない。と、説明するわけにもいかないが。

「出会いは？」

「気付いたら目の前にいました」

「あのね」

嘘はついていないのだが、思い切り溜め息をつかれた。

「まあいいわ。新作の方は？　どこまで実話なの？」

「はい？」

唐突な矛先の変更に、私は言葉を失う。

「前の失恋は話に聞いたそのままだったし、妹さんがいるってことも聞き覚えがある。夏でも長袖なのは日焼けか冷房対策だと思ってたけど、全然違う理由が出てきたからびっくりしたわ」

「……私、そんなに藤島さんにペラペラ話してましたか？」

「ええ。あなた自分の話をするの大好きだし、持ってくるプロットもいつもそんな感じだったじゃない」

言われてみれば。

「今日は私の方から問い詰めちゃったけど、売れない小説家の自分語りを延々と聞かされるこっちの身にもなってちょうだい。とか、少し前まで思ってたわ」

「すいません」

「いいのよ。小説家は多かれ少なかれ人生の切り売りをしているものだし、それが文章になった時にここまで読めるものになると見抜けなかった私の失態でもあるんだから」

もっと早く気付けたらもっと早く売れたかもしれない。と、悔しさまでも露わにする。悪魔と契約したのは私であって彼女じゃない。なのに、やる気を見せた途端にここまで変わるものなのか。

私はこの人のことを誤解していたかもしれない。

「最近は神野さん、あまり自分語りしてこないわね」

「そう、でしたっけ？」

自覚はないのかと、彼女が苦笑する。

「あれだ、他に話を聞いてくれる男ができたから」

「え？」

「それで売れる小説が書けるなら、ナツメくん様様（さまさま）じゃない」

ナツメくんはむしろ私に自力で書くことを放棄させようとする男だが、話を聞いてくれる一面も確かに持っている。

「大事にしなさいよ。あんないい男、そうそういるものじゃないんだから」

言われなくても分かっている。悪魔なんてそうそう目の前に現れるものじゃない。

適当にでっちあげた悪魔の呼び名が馴染んできたある日、派遣の仕事から帰宅すると妹のみらいが待っていた。すんなり開いた玄関扉を不審に思っていたところに、中から彼女が飛び出してきたのだ。

「お姉ちゃん！」

ベースとなる目鼻立ちが似ていても、明るく素直な笑顔というやつはどうしたって可愛く見える。私はいったいどこで道を間違えたのだろう。

「何で……鍵は？」

「ナツメくんに入れてもらったの。彼、すっごい美形ね」

「……ナツメくんに？」

それはちょっと、引っ掛かる。

悪魔は私が不在の間、百パーセント居留守を使う。互いに面倒は御免だから、そこは信用していたはずなのに――。

「ちょっといい？」

靴も脱がずに立ち尽くしていた私の前に「ナツメくん」が現れる。彼は私を妹から引き離すように、直接腕を取って洗面所へ連れ込んだ。

「何でみらいがウチにいるの？　勝手なことしないでよ」

「ごめん」

悪魔は謝った。こちらが拍子抜けするほど素直に首を垂れていた。

「君の妹だってことは一目瞭然だったからさ。つい」

その言葉に、扉に向かってよく通る声で「お姉ちゃん」と話しかける妹の姿を想起する。

「で」

「……え？」

「君の妹、何なの？」

渋い表情を目の当たりにして、ピンと来た。

「もしかして、あの子のペースに巻き込まれた感じ？」

悪魔は答えない。が、完全に図星を突かれた反応だった。

「なるほどね」

確かに彼女は悪魔の手には負えないかもしれない。無欲で無邪気で天真爛漫な二十五歳、それが神野みらいである。

「いい子なの。ただ純粋に、いい子」

「そんな人間がいてたまるか」

不服そうな悪魔の気も知らず、妹がひょっこりと顔を出す。こんないかにも密談の最中に、他意なく口を挟めるのも彼女のすごいところだ。

「ねえ、お姉ちゃんはシュークリーム食べるよね？」

「シュークリーム？」

「あたし、ナツメくんがいるって知らなくて。二つしかないからもう一つ買ってこようかと思ったんだけど――」

「大丈夫だって言ったろ？」

みらいの言葉を遮った悪魔は、いつにも増して薄っぺらい、その場しのぎの笑みを浮かべていた。

「甘いものは苦手なんだ」

おそらく嘘ではないのだろう。甘いものどころか、彼が何か食しているところを見たことがない。その点はずっと触れずにきたが、一人のけ者にするのも不自然なので三人分のコーヒーを淹れてみることにした。

幸せそうにシュークリームを頬張る妹と、案の定コーヒーに興味を示さない悪魔と、マグカップを手慰みにしている私でローテーブルを囲む。

相変わらず空気の読めないみらいが、真っ先に口を開いた。

「お姉ちゃん、彼氏ができたなら教えといてよ。ホントびっくりしたんだから」

「ごめん」

彼氏じゃないんだ。

「あ、でもお姉ちゃんって別に秘密主義ではないんだっけ？」

「え？」

「おしゃべりが嫌いだったらあんなに小説書けないでしょうって言われて、なんか目から鱗だった」

「言われたって、誰に？」

「ほら。お姉ちゃんの同級生の、キラキラした可愛い感じの人」

「誰？」

私自身おしゃべりだと藤島に指摘された時は目から鱗だった。それを言い当てる同級生とは、いったい……？

「お姉ちゃんの友達なんだからだいたい分かるでしょう」

分かるわけがない。私は妹みたいに、同級生を素直に友達と呼べるような学校生活を送ってはいなかった。そもそも何故みらいが私の同級生と会っているのか――。

と、突っ込む隙を彼女は与えてはくれなかった。

「そうだ小説！」

「はい？」

「お姉ちゃんの小説、読んだよ。出版したことすぐに教えてくれないから、ちょっと遅くなったけど」

彼女は鞄から私の小説を取り出して、嬉しそうに掲げてみせた。

「今めっちゃ売れてるんだってね。妹としても鼻が高いわ」

実は藤島から重版の話も来ていた。この勢いに乗じて、埃を被っていた過去の作品まで売り出せないかと考えているらしい。私の担当編集者は急にたくましさがすぎる。

「……どうだった？」

「面白かったよ」

屈託のない笑顔がそう告げた。

「すごいよね、ゼロからお話を作っちゃうんだから」

「別に、ゼロではないんだけど」

私の場合は特に人生の切り売りが酷い。それでもフィクションという建前でしか文章が書けないのは……どうしてだろう？

「都合よく物語にするために、ネタを継ぎ接ぎしてるんだよ」

「だとしても、そういうネタ？　見つけてくるのもすごいと思う。あたし何にも考えずに生きてるからさ」

「ホント鈍感なんだね」

黙って聞いていた悪魔が、悪い顔して口を挟んだ。

「見せてあげたら？　火傷の痕」

みらいがキョトンとした顔でこちらを見つめる。

「……火傷って、もしかしてあれ実話なの？」

「えっと、うん」

私が頷くと、更に予想外の要求が飛んでくる。

「見せて」

そんなつもりはなかった。けれども、悪魔のものか妹のものか分からない圧に押され、気付けばブラウスのホックを外して襟ぐりを広げている。

後ろへ回ったみらいは中を覗いて、しばし黙り込んだ。

「でもほら、昔のことだから――」

「ありがとう」

彼女は躊躇うことなく抱き着いてきた。

「う、うん？」

「大変だったよね。あたし読んでるだけですごく痛そうだったもん」

「いや、痛いとか熱いとかリアルな感覚はさすがに覚えてないんだけど」

「そうなの？　だとしたらめっちゃ文章上手くない？」

さすが我が妹、そう来るか。

「早く治るといいね」

みらいが優しく私の肩を撫でる。不思議と悪くない気分だった。

「二十年以上前だよ。もう治らないって」

「そんなの分からないじゃん」

「まあ」

少なくともこの傷痕を治せる男が存在することを、私は知っている。目の前の抱擁を、冷めた顔して眺めているような奴だけど。

「やっぱりお姉ちゃんはすごいな」

「……みらいはさ、ネタにされるの嫌じゃない？」

間髪を入れずに彼女は答えた。

「全然」

「いいの？」

「だって小説って、結局フィクションでしょう？」

けろりと言ってくれる。私の人生を実の妹が創作として面白がってくれるのは、逆にありがたいかもしれない。

みらいの独特な感想を聞きながら、私はようやくシュークリームに手を伸ばした。

「あと、もう一つ報告があってね」

彼女は私と悪魔を交互に見てニヤニヤしている。

「あたしも彼氏ができました！」

「……おめでとう」

本当は「も」ではないのだが、この際突っ込むのはやめにしよう。

「お姉ちゃんが帰ってくるまで、ずっとナツメくんに彼の話を聞いてもらう感じになっちゃったんだけど」

「え？」

溢れんばかりの笑顔を見せるみらいに対し、悪魔は少々呆れたような表情をしている。この男にこんな反応をさせるとは、よっぽど幸せな惚気(のろけ)だったのだろう。

「結婚を前提にって近々ウチに連れてくのはもう決めてるからさ、その時はお姉ちゃんも顔出してよ」

「それ、私いる？」

「あたしはナツメくんにも来てほしいくらいだけど」

「ダメ！　だったら私一人で行くよ」

実家に悪魔を連れていけるわけがない。

みらいは一瞬淋しげな表情を浮かべたが、すぐに頷いた。

「そうだね。巧巳(たくみ)くんもその方がいいって言うかもだし」

「……タクミくん？」

その名を聞いて、急に嫌な予感がした。確認してみたところ、彼女のケータイに保存された写真の男にはやはり見覚えがあった。

「橘(たちばな)くんじゃない」

「うん、そうだよ」

先程の謎が一つだけ解けた。何故みらいが私の同級生と会ったのか――。

「巧巳くん、お姉ちゃんと同級生なんだってね」

何でもないことのように言ってくれた。

脳内お花畑の妹が勘繰ることはないだろう。けれども橘巧巳は、間違いなく私の初めての恋人であり、あまり思い出したくない男であった。

四 追憶

考えてみれば橘くんとは、付き合う前から噛み合っていなかった。

高校二年の夏、終業式の日の放課後。彼は帰り際の私に声を掛け、まだひと気の多かった教室から廊下へと連れ出して、単刀直入に切り出した。

「付き合ってくれない？」

「……どこに？」

十六歳の神野あすみは、真顔でそう答えていた。すると彼が「ええ？」と大げさに声を上げる。

「そんなベタなボケかましてくるの？　神野さんって天然？」

より可能性の高い文意を採用して返答しただけだ。故に、すぐさま別の可能性を追う。

「橘くんだってどうせ冗談でしょう。それとも何かの罰ゲーム？」

「本気だけど」

「まさか」

「何で疑うんだよ？」

だって彼は、教室の一番目立つところで目立つ友人たちと戯れているような男だ。隅っこで本ばかり読んでいる私とはまるで縁がない。本気で相手にした途端、周りの連中共々私を嘲笑う手筈が整っているに違いない。

「じゃあ私のどこに惚れたのか教えて」

「えっと、顔?」

思わず鼻で笑ってしまった。

「もう少しましな嘘ついてくれない?」

「割とタイプだけどな」

全くもって信じられなかった。ただ、これに関しては約十五年後、自分と同じ系統で自分より可愛い妹と付き合っていることを知り、急に真実味を帯びていく。

「あと、普段大人しいくせにたまにとんでもないこと言うところ。今の返しも良かった。ウケる」

惚れた理由にウケると言われても。

「返事は?」

「……え?」

「俺、告白したところなんだけど」

撤回するつもりはないらしい。仮に罰ゲームだったとしても、もう後には引けないだろうと真面目に対応を思案する。

普通に考えたら――自分が橘くんをどう思っているかで判断したら――即座に首を振っていたかもしれない。しかし私は、少々別の角度から彼の言葉を吟味していた。

――もし頷いたら、何が起こるのだろう？

今まで特定の誰かを好きになったことはないが、恋愛そのものには興味がある。橘巧巳のことは好きでも嫌いでもないけれど、誰かに告白されるという経験はそう簡単にできるものではない。

「いいよ」

「ホントに？　やった」

彼の笑顔に一抹の不安がよぎった。だって真意を疑われた告白をオーケーされても、私だったら喜べない。

「じゃあデートに行こう。明日の夜、夏祭り」

「あ、うん」

不安から目を背けるため、どうでもいいことを考える。最初からデートに誘うつもりだったなら「どこに？」の答えが「夏祭り」でも成立したのではないか、なんて。

初めての待ち合わせには先客がいた。

「ホントに神野さんだ」

男子と女子が二人ずつ、橘くんの友人連中がこちらに好奇の眼差しを注ぐ。

「だからそう言ったじゃん」

嬉々として答える彼を見て思った。この男は「彼女」という存在を友達に見せつけたかっただけなのだと。

狼狽える私に、自分とは別世界のキラキラ女子が尋ねてくる。

「あれ？　もしかして橘と二人きりが良かった？」

「……そりゃそうでしょう」

たいして仲良くもない同級生に、どうして冷やかされなければならないのか。

「うんうん。行ってきなよ、二人で」

「いえ、あの……帰ります」

「え、神野さん？」

回れ右をしてその場を去ると、すぐさま彼が追いかけてくる。更には後方から頭の悪そうな口笛が聞こえた。

「ちょっと待ってよ」

構わず歩き続けると腕を掴まれた。仕方なく、足を止める。

「なんかごめん。でもいきなり二人きりって緊張するじゃん。神野さん的にも女子がいた方が気が楽かなって」

その女子が私にとって赤の他人も同然なのだ。いや、そもそも他の人間がいる時点でデートとは違うのではないか。頭の中でごちゃごちゃと渦を巻く感情を、上手く伝えることができなかった。

「分かんないなあ」

ネタ出しでノートパソコンに向かっていた私は、一度ベッドに身を投げ出して頭の中を整理する。

「何が分からないの？」

「うん？　十六歳の自分がどうしてここまで拗らせたのか」

慣れって恐ろしい。悪魔的なイケメンが現れたところで、もう驚かなくなっていた。

「改めて思い返すと、我ながら面倒くさい女だよね。向こうも大概ずれてたけど、こっちも相当ひねてる」

おそらく当時の私が欲していたのは経験だ。

だからたいして好きでもない男の恋人になり、キスをして、初めてまでも捧げてしまった。橘くんも悪い奴ではなかったが、強がる相手の本心を見抜ける男でもない。すれ違いが限界を迎えたところで、こちらから彼をこっぴどく振ったのだった。

——と、今だから客観視できるのであって、自分勝手な十六歳の視点で描くと橘くんがとことん無神経な男になる。

「初恋も未経験の十六歳が何をそんなに焦ってたのか。確かに女子高生が女子高生でいられるのは三年間だけだけど、そう思えるのもだいたい大人になってからでしょう」

ベッドの上でうんうん唸る私を、冷たい視線が見下ろしていた。

「困ってるなら、僕が書かせてあげようか？」

「そのやり取りも飽きたなあ」

「飽きた……？」

悪魔が目を丸くする。この男にこんな顔をさせるなんて、私もなかなかやるではないか。

「大丈夫。まだ上手くまとまっていないけど、橘くんの話はかなりネタにしやすい方だと思う」

仰向けに寝ていたところから上体を起こし、男の方へ身を乗り出した。

「それよりも、ねえ。過去に結んだ契約に面白いエピソードとかない？」

「え？」

目の前にいるのは超絶美形の悪魔なのだ。ネタとして使わない手はない。

「君は、君の人生を売るんだろう？」

「悪魔と出会ったことも人生のうちでしょう」

年下のイケメンに誘惑されるシーンは、相手が悪魔であることを伏せても絵になる。このプラトニックな関係にカチッとはまる設定が思い付いたら、すぐにでも一本書ける気がする。

「初めての恋人をネタにするんじゃなかったの？」

「それはそれで書くよ。書きたいし」

妹に遠慮する必要はないと分かった。橘くんとの過去も書き晒してすっきりしてしまいたい。

そうすればもっと素直に二人を祝福できる気がする。

「だったら僕にかまっている暇はないだろう」

「そうだけど。もう少し協力的でもいいじゃない」

「別に君に書いてほしいわけじゃないんだよ」

「……え？」

だって私の小説を売り込むことが、彼の当座の仕事ではなかったか。

「最初の一冊を売った時点で契約自体は成立している。でも君が小説を書き続ける限りは、僕も売り続けなければならない。だから僕にとって都合がいいのは君が書くのを諦めることだ」

更に言えば、早々に私が死んで魂を回収してしまうのが一番楽なのだそう。

「薄情な男」

「心外だな。君が望んでいるうちは、僕は君を見捨てないんだよ。売れなきゃそれまでの編集者よりよっぽど心強い味方だと思うけど」

「……それも確かに？」

幾分丸め込まれている気もするが、悪魔の主張は理に適っている。

「じゃあ、ねえ。そろそろ派遣の仕事を辞めても大丈夫かな？」

「うん？」

悪魔が売ってくれるなら、専業作家になっても生活していけるだろう。派遣の仕事は収入以外にも、生活リズムを安定させたり単純作業でマインドリセットできたりといったメリットがあるが、執筆に費やせる時間が増えるのはシンプルに魅力的だ。

「私、筆を折るとか絶対ないから。死ぬまで書くつもりだからよろしく」

「死ぬまでなんて悪魔に向かって口にするものじゃないけど、君なら本当に最期まで書き続けそうだね」

彼にそう言われるのは光栄だった。

「映画化ですか？」

その話を持っていつもの打ち合わせブースに現れた藤島希枝は、私よりもずっと嬉しそうだった。仔細を説明する間も笑顔が止まらない。

「神野さんも売れたわね！」

対してこちらは全く実感が湧かないが、次回作の要求にハッとさせられる。

「今書いてるのが上がったら、映画の公開を見越して続編を企画してもらえないかしら？」

「続編？」

売れなきゃ絶対に出てこないワードだ。

「でも、続きなんかないですよ。藤島さんなら分かってるだろうけど、もともと自分の話だし」

「それは私も考えた。恋愛ものはカップル編に入るとコケることも多いし、かといって別れるエンドも前作のファンが納得しない。だからスピンオフというか、同じ世界観で全く別の恋愛を描いてもいいと思うの。とりあえず映画化にかこつけて売り出せるもので」

「なるほど」

藤島さんも立派になって。と、言ったら怒るだろうか。

「個人的には、ナツメくんみたいな年下男子の視点を読んでみたいんだけど」

「ナツメくんですか？」

ちょうどいい。常々彼をネタにできないかと思案していたところだ。

「分かりました、考えてみます」

話はそこで終わるはずだった。が、藤島が予想外のところへ水を向ける。

「神野さんって、本当にナツメくんと付き合ってるの？」

「……どうしたんですか急に？」

「だって、今彼ならもう少しネタにするのも躊躇するでしょう」

編集者ではなく女の顔をした彼女が、じっとこちらを見つめる。

「最初は売れてる感じがないなと思ったのよね。稼ぎが増えて仕事を辞めて、つまりは自由にできるお金も時間も増えたはずなのに、どこに使っているのか見えなくて」

「執筆に専念してますよ、そのために仕事辞めたんだし、ずっと書いてるとお金の使い道もなくて」

「そこよ」

「はい?」

「年下のイケメン彼氏がいたらいくらでも使い道はあるでしょう。見せる相手がいればお洒落だってしたくなるものだし、順調なら引っ越しも考える頃合いかな」

週四日勤務の派遣社員でも住めるワンルームは、確かにそろそろ引っ越してもいい気がしたがもう遅い。

「ナツメくんに全財産貢いでましたってことなら話は別だけど」

そうでもなさそうだと彼女は結論を告げた。

「あなた、恋してるオーラがない!」

「……今更すぎやしませんか」

私はナツメくんを、悪魔を恋人と偽ったことはないのだ。いつだって周りが勝手に勘違いしていた。

「あの子いったい何者なの?」

しかし改めて問われると困る。いったい何者と説明すればいいのか。

「正直に教えてあげたら? 僕は構わないよ」

「ナツメくん?」

いつの間にか、当の本人がそこにいる。

「一仕事終わって戻ってみれば、僕の話?」

「仕事って……?」

悪魔は満面の笑みを浮かべた。

「契約の清算」

それはつまり、過去に悪魔と契約した誰かが亡くなって、その人の魂を——。

「分かった！」

藤島が素っ頓狂な声を上げる。

「ナツメくん、さてはレンタル彼氏でしょ？」

「……この人は何を言ってるの？」

彼が首を傾げるのも無理はないが、彼女は自信満々だった。

「だから恋人にしては違和感があったし、素性も誤魔化してた。今の、契約の清算ってそういうことでしょ？　神野さんが売れたから、他の客は全部断って専属契約でお世話になろうって魂胆。どう？」

盛大に間違えている。

だが、反則みたいな正解に辿り着けるはずもない中で、頑張って辻褄を合わせてきたと言えるかもしれない。さすが編集者。

「ナツメくん、お金じゃ愛は買えないのよ。神野さんを見てごらんなさい。全然幸せそうに見えない」

「ちょっと！　私は書きたいものが書けて幸せですからね」

「仕事はね。プライベートは？」

そう詰められると、確かに恋とはしばらく縁がない。

「やっぱり彼氏じゃなかったんだ」

得意になった彼女は、更にとんでもないことを言い出した。

「ナツメくん、私とお付き合いしましょうよ」

「君と契約するの？」

「契約じゃなくて、お付き合いよ」

悪魔に向かってなんてことを。と、口を挟む余裕はなかった。悪魔は万事心得ている。

「もう少し様子を見させてもらおうかな。君のことはまだ深くは知らないし、彼女との契約もあるからね」

「分かった。必ず私を選ばせてみせるわ」

それがどういうことなのか、藤島希枝は全く分かっていない。

出版社を後にしてから、悪魔は目に見えて上機嫌だった。我が家へ向かう足取りは軽く、今まで見たことのない心底愉快そうな笑みを浮かべている。

「行き掛けの駄賃ってやつだな」

「本当に藤島さんと契約するつもり？」

「彼女の願いが汲み取れたらね」

「でもあの人、ナツメくんと付き合いたいって」

もしその願いを叶えるとしたら――。

「若くて男前で都合のいい彼氏が欲しいってことなら、そういう人間を見繕うよ」

「でも」

「悪魔のこと、舐めてる？」

不意に彼から笑顔が消える。

「僕は何十年も何百年も人間の欲望を満たしてきたんだ。自分の体験を文字に起こして悦に入っている小説家よりも、恋とか愛とかそういったものの本質は心得てる」

そんなこと言われたら何も言い返せない。

「君は君の書きたいものを書いていればいい。後は僕が上手くやってあげるから」

「で、でも！　藤島さんと契約するってことは、ナツメくんが悪魔だとばれちゃうってことで……私の小説が売れてる理由も」

「ばれたところで彼女の仕事ぶりに影響はない。けど、そうだね。君が書きづらくなるなら編集担当を替えてあげよう。これは彼女と契約したい僕の都合でもあるからね」

「そういうことじゃなくて」

ではどういうことなのか、物書きのくせに上手く言葉にできなかった。

「大丈夫。君が死ぬまで書き続けるだろうことは僕も分かってるから、執筆の邪魔はしないよ」

そしてまた、もてあそぶように悪魔は私を魅惑する。

「僕のことをネタにしたって、別に構わないしね」

ひょっとして新作会議の時から聞いていたのだろうか。

イケメン年下男子の視点。図らずも編集担当の盛大な勘違いがプラトニックに合致するため、レンタル彼氏の設定で出会おうかと考えている。

五　喪失

ソファで読書にふけっていた私はページをめくる手を止めた。

「これ、本当に私が書いたの……？」

それまで手掛けていた小説を編集部に送りつけ、案だけ出していたレンタル彼氏の話に取り掛かろうとした。なかなか筆が進まないこともあって、改めて映画化予定の前作を読み返してみたのだが。

まるで身に覚えのない話だった。いや、なんとなく記憶してはいるけれど——。

「実感がないって感じかな」

「……え？」

「ホントに君はよく書くよ。だから今回もきれいに売れた」

悪魔が、じっとこちらを見下ろしている。

「そろそろ僕に泣きつくかい？」

「……あなた、私に何をしたの？」

「君の願いを叶えただけだよ」

彼はまた美しく微笑むと、私が読んでいた小説を取り上げた。

「僕はただ、君が望むまま君の人生を売りさばいた。君の小説を使って」

手にした本をローテーブルの上に捨て置き、彼は私の右隣に腰を下ろした。その左手が背後から私の左肩に掛かる。おもむろに身体を引き寄せる行為は、一見抱擁だが愛情など欠片も感じさせない拘束だった。

「だから君の人生の恋とか愛とかそういったものは、全部売り切れちゃったんだよ」

「売り切れた……？」

「そう。君が経験して得たものは、文字に起こして売りに出されることで君の中から消えていくんだ」

耳元でささやく声に、頭が真っ白になった。

「記憶がなくなった分は都合よく補完修正していたみたいだけど、そこには実感が伴わない。もう自分で書いた小説のどの部分が事実でどの部分が創作か、見分けがつかない状態だろう？」

彼の右手が私の胸元に触れた。途端に、サッと全身から血の気が引いていく。まるでその冷たい掌に、心臓まで絡めとられてしまったようだ。

「恋人が消えた喪失感を埋めてくれるレンタル彼氏か。今の君にはお似合いの設定だけど、恋をしたこともないのに失恋なんて書けるの？」

「何言って――」

「満たされていた時の記憶はとうに売り払ってしまった。それは生まれてこのかた恋をしたことがないのと実質的には同じことだ。君の心は最初からずっとがらんどうのまま、失う余地さえなく生きてきた。そうだろう？」

「そんな馬鹿な」

反射的に否定したものの彼の言葉が図星を指していることに気付く。自分が今までどんな恋をしてきたのか、それをどう感じていたのか、一切思い出せないのだ。まるで初めからなかったかのように。

「……でも、書かないと。せっかく映画化されるって藤島さんが」

「この期に及んでまだ書きたいんだ。さすが、悪魔とこんな契約を交わすだけはある」

その指先がゆっくりと胸から首筋、頬を辿り、最後に唇に触れる。

「ならもう、全て僕に委ねてくれないかな？」

「え？」

僅かに残った思考回路を溶かしていくように、悪魔は甘く、優しく声を響かせた。

「君の望む通り、死ぬまで小説家を続けさせてあげるよ」

「ダメ……ダメだって……」

あんなに突っぱねていた誘惑に、空っぽの心が、初めてぐらついた。

喫茶店での待ち合わせは失敗だった。何故って相手の顔をはっきりと覚えていなかったから。

それでも彼が声を掛けてくれ、なんとか向かいの席に座ることができた。

「久しぶり、あすみちゃん」

「えっと、お久しぶりです。掛橋さん」

掛橋護さんは、想像した通りの優しい笑顔を見せた。

とりあえずオーダーを済ませようとして、また一つミスをする。

「俺、コーヒーはちょっと」

「ごめんなさい。……あの、私もしかして前に」

「ばっちりネタにされたね」

忘れたことがばれるのではと、ドキドキしてきた。脱いだ上着をキュッと抱え込み、懸命に話をつなぐ。

「今日は突然お呼び立てしてしまってすいません」

「……それは別に構わないけど」

訝しげな「けど」の先が気になって続く言葉が出てこない。まごついている私に代わって、彼の方が口を開いた。

「しかしあすみちゃんは売れたよね。おかげであの小説は俺のことだって、ちゃんと自慢できるようになったよ」

「自慢……ですか？」

「いや、未練がましいのは良くないって分かってるし、次の恋愛をする気が全くないわけでもないんだけど」

自分のことのように嬉しそうな顔して褒めてくれたかと思えば、今度は自嘲めいて苦笑する。くるくると表情を変える掛橋さんは悪い人には見えない。最近ずっと得体の知れない笑顔に振り回されていたから、余計にそう思う。

「ごめん、俺の話しちゃって」

「いえ。そういう話もちょっと、聞いてみたかったので」

キョトンとこちらを見つめる瞳に、現在進行形の恋人がいることはなさそうだと判断した。やってきた紅茶を一口含んで、本題をどう切り出すか考える。

すると再び、彼が先に質問してきた。

「もしかしてあの彼と別れた？」

「はい？」

「でなきゃ連絡してこないだろうってのは、俺の都合のいい妄想だったかな？」

都合のいいことを考えていたのは私だ。それを自覚しておきながら、彼の優しさに甘えようとしている。

「あの、どこから話したらいいのか分からないんですけど……実は私、恋愛というものがよく分からなくなってしまって」

「は？」

「今まで何も考えずに書きたいものを書いてきたのに、急に何を書いたらいいのか分からなくなって。それで、掛橋さんとお付き合いしていた頃の自分はどんなだったかなって」

漠然とした説明を聞きながら、掛橋さんはしばらくの間黙り込んでいた。

「……あすみちゃんらしいな」

「え？」

「彼氏と別れたからじゃなくて、小説が書けなくなったから元彼に連絡を寄越すんだ。それも次の小説を書くために」

「ごめんなさい」

「どうして謝るの？　あすみちゃんが突飛なこと言い出すの、俺は慣れっこだけど」

だとすれば、自分のことが分からなくなってしまった当の本人よりも、彼は私のことをよく分かっている。

「でも、俺でいいの？　君が書くことに反対してたのに」

「……そうでしたっけ？」

想定外だ。私の小説を読んだと会いに来てくれた男なんて、掛橋さんしかいなかったのに。

唯一頼れそうだった相手から、一番聞きたくない言葉が飛んできた。

「書けないなら無理に書かなくてもいいんじゃない？　もう十分書いたってことだよ」

「ちょっと待ってください」

「あすみちゃんは本当に頑張ってたし、今や売れっ子ですごいとも思ってる。でも……ごめん、そういうこと言うから振られたのは分かってるんだけど」

勝手に自己完結して、彼はまた黙り込んでしまった。

しかしこちらも背に腹は代えられない。一刻も早く新作に取り掛からなければならないのだ。

「私に書かないっていう選択肢はありません」

「うん、知ってる」

その点は掛橋さんもあっさり頷いたものだから、思わず苦笑してしまった。

「私はこうなる前から書くことしか考えてなかったんですね」

悪魔にとり憑かれるわけである。

「こうなる前から」

小さく呟いた掛橋さんは、改まった調子で私の名を呼ぶ。

「あすみちゃん」

「はい」

「俺との初デートはいつ、どこで？」

「はい？」

えっと、確か——。

「仕事が早く終わった日に、新宿の」

「新宿にしたのは分かりやすい地名を出したかったからかな。実際にウチの会社から仕事終わりで向かうのは無理がある」

淡々と語る彼に、恐怖を覚えた。

「連絡をもらった時から違和感はあったんだ」

「……掛橋さん？」

「そう、まずはその呼び方と敬語。でもとっくに別れてるわけだし、他人行儀になるのもおかしくはないのかもしれない。そしたら今度は、席に着くなり上着を脱いだろ？」

彼は私が着ている襟ぐりの広いシャツを指した。

「肩の傷痕はもう、気にならなくなった？」

「それは……」

忘れていた。おそらく細かいところまで書いたネタだし、普段は目に付かない位置にあるから。

「ねえ、本当は何があったの？」

「……書けなくなったのは本当で、だから恋とか愛とか知りたくて」

「だけじゃないだろう？」

全て見抜かれているような気がした。が、今の問いなら否定できる。

「それだけですよ。私が困っているのは新作が書けないことで、だから今更なくなった記憶のことなんか」

「記憶がないの？　いつから？　病院とか、行った？」

――まずい。

これ以上話していてもボロを出すだけだろう。

「ごめんなさい。帰ります」

いち早く席を立とうとしたのだが、すかさず腕を掴まれた。彼の視線が痛いくらいに突き刺さる。

「放っておけるわけないだろう」

「私にとってあなたは赤の他人なんです。全部忘れてしまったから」

「覚えてるよ」

そのまま抱き寄せられるようにして、唇が重なった。ボックスシートの陰に隠れて、掛橋さんが求めてくる。

「俺が全部、覚えてる」

私は恋を知らない。

でも、この人に教えてもらったらまた小説を書けるだろうか。


私は掛橋さんの住むマンションを知っていた。全く見覚えがないのに、確かにこの部屋に来たことがあるのだ。

例えば、以前もダイニングテーブルのこちら側に座ったことがあって、その時はキッチンに立つ彼の後ろ姿を眺めていたはずだ。奥の引き戸の向こうに寝室があることも、知らないのに知っている。

「デジャヴってやつ？」

「いや、どちらかというとジャメヴですかね」

「何それ？」

「未視感のことです」

彼がおもむろに小首を傾げる。これほど知名度に差がついた対義語というのも、珍しい気がする。

「私の場合、忘れたといっても知識記憶としていくらか残っているんです。事実と創作がごっちゃになって、余計ややこしいことになってますけど」

それっぽい説明をしながら、この状況がネタとして使えるか考える。フィクションに描かれる外傷性や心因性の記憶喪失は、デジャヴを布石として記憶を取り戻していくことが多いけど、悪魔と契約してしまった私はジャメヴを通して忘れたことを再認識していくしかない。そこから向かう結末は——。

「あすみちゃん、また小説のこと考えてる？」

「何で分かったんですか？」

「それで散々振り回されたからね」

掛橋さんによれば、私は結構面倒くさい彼女だったらしい。常に小説のことばかりで、自分の世界に引きこもりがちで。

「覚えてないから言いますけど、よくそんな女と付き合ってましたね」

「あすみちゃんは初めて俺を見つけてくれた人だから」

「え？」

「俺はいい人で安牌で基本的に友達コースなんだって」

「……私、そんなこと言ったんですか？」

「いや、君以外のいろんな人が」

彼は自嘲気味に笑った。

「あすみちゃんのマイペースすぎて身勝手なところは嫌いじゃない。おかげで俺自身ちょっとわがままになれた」

そろそろかな——と思ったら、案の定彼はクイと私の顎を持ち上げて優しく口づけた。そういうことが知りたくてのこのこついてきたのだから、覚悟はできている。

「自分の世界にばかりこもってないで、もっとちゃんと俺のことを見てほしい」

「……だったら、小説家とは付き合わない方がいいと思います」

「でも、俺が好きなのはあすみちゃんなんだよ」

「それは確かにわがままですね」

掛橋さんが私を抱きすくめ、部屋の奥へと誘導する。そのまま寝室に連れ込まれる構図が見えたのは、やはりジャメヴだ。

「俺が欲を出したから捨てられたんだと思ってた。でもあすみちゃんの小説を読んだら、精一杯の意地と優しさだったんじゃないかなって」

「ごめんなさい」

「どうして謝るの？」

「たとえそうだったとしても、もう分からないので」

ただ、私は比較的ストレートに心情を文字に落とし込んでいたはずだ。彼が感じたことが的を射ている可能性は十分に考えられる。

「君の新しい彼氏に出くわさなかったら、都合のいい男でいいからよりを戻そうと頼み込んでいたかもしれない」

「彼氏？　あ、ナツメくんのことですか？」

「あいつはくん付けなのか。ナツメって名字？　名前？」

「それは……」

「どっちでもいいか。全部忘れたあすみちゃんが頼ったのは俺なんだから」

ごく自然な流れで、私はベッドの上に押し倒されていた。電気は点けていないが、リビングダイニングから差し込む明かりで彼の表情は十分判別できる。

「いいんだよね？」

誠実そうな瞳が真正面からこちらを見据えている。

私が頷くと、次のキスはもう少し深く求められた。応じ方なんてとうに忘れてしまったはずなのに、身体が覚えている。いや、もっと人間の本能的なものかもしれない。

「あすみちゃんは、変わってないよ」

「はい？」

「俺の大好きなあすみちゃんのままだ」

彼の唇が首筋を這い、服の上から胸をまさぐられる。刹那、悪魔に絡まれた時の記憶が頭をかすめたが、そこには天と地ほどの差があると気付く。

「……良かった」

「え？」

私はまだ、その指先からぬくもりを感じ取ることができた。彼の愛を受け止めることができた。

「あなたが私のことを好きでいてくれて、本当に良かったです」

「急にしおらしくならないでよ。可愛いじゃないか」

優しく微笑んだ掛橋さんがキスを浴びせてくる。この人を選んで正解だった。と、思うことができた。

とはいえ、彼がシャツの裾に手を掛けるとさすがに身がすくんでしまう。

「あの、大丈夫ですけど……覚えてないんです」

「うん？」

「だから私、男の人とこういうことするの初めてなんです」

　掛橋さんがプッと噴き出した。

「何それ？　そんな可愛いことある？」

「変なこと言ってますよね。だって……してるはずなのに」

「俺ばっかり都合のいいことが起こって、なんだか怖くなるよ」

　彼はそう言ってギュッと抱きしめてくれた。

　でも掛橋さんにとって本当に都合がいいのは、きっと私が書くのを諦めることだ。ベッドの中でふと別のところへ思考を飛ばしてしまう自分は、やはり酷い女なのだろう。

　ナツメくんのフルネームは「猫田夏芽（ねこたなつめ）」にしよう。なんて、彼の腕の中で私はそんなことを考えていた。

六　完結

披露宴は地獄の始まりだった。

結婚式の間は親族としてニコニコ座っていればそれで良かった。しかし、新郎新婦の意向でカジュアルなお食事会となったこの場は、もはや同窓会の様相を呈している。

そこここで繰り広げられる昔話に全然ついていけない。どうせ学生の頃から教室の隅で本ばかり読んでいた人間だったから、できるだけ目立たないように大人しくしていたのだが――。

全く記憶にない相手から声を掛けられてしまった。

「神野さん、大丈夫？」

あなたの名前が出てこないから、あまり大丈夫とは言えない。

三十路を過ぎてなおキラキラ女子感漂う彼女は、私と縁のない一同級生に見えた。こうなると人生を売ったせいで覚えていないのか、単純に記憶していないだけなのか、定かではない。

「妹と元彼がくっついちゃったんだもんね。そりゃ複雑だよね」

「……何のことですか？」

「またまた。忘れたとは言わせないよ。『初恋なんてなかった』って、あれ橘のことでしょう?」

そのタイトルは確かに私が書いたものだ。

「初デートの邪魔しちゃったのは申し訳なかったよ。その後もみんな橘のこと冷やかして……あれのせいで神野さんが拗らせたのか、もともと拗らせてたからああなったのかは分からないけどさ」

どうやら売ってしまった恋の話をしているらしい。完全に記憶から抜け落ちている。

「終わったことだからネタにしたんです。あんな幸せそうなバカップル、祝福する以外ないでしょう」

「さすが神野さん。相変わらずねじくれてる」

その笑顔を見る限り、冗談と通じることが大前提の悪口だった。

「二人が結婚するって聞いて、緊急招集が掛からないのが逆に心配だったけど、あれだけ晒せるなら大丈夫ってことだよね」

「はい?」

「所詮は初恋未満だもんな」

知ったような顔をして頷く。ただ、彼女の言葉には「本当に知っているのかもしれない」と思わせる明瞭さがあった。

「で、今はどんな小説書いてるの?」

「興味あります?」

更に深掘りされそうな危機感から、少しとげのある言い方をしてしまった。すると今度は明らかにしゅんとした表情を見せる。

「いや、もちろん読んでくれてるのは嬉しいんですけど」

とっさに弁解を口にしていた。

言動から察するに、橘くんやその周辺とつるんでいたキラキラ女子の一人だろう。私と一対一で小説の話ができるような読書家が、その中にいたとは知らなかった。

「人生の切り売りを見せつけられるのってどうなのかな、というのはあります。妹の受け入れ方は、正直普通じゃないと思っているので」

「ああ、妹ちゃん懐が広いもんね。でも、私も親友が自分のことをネタにしてくれるのは面白いよ。事実を知ってるからこその『こう来たか！』も、ちょっとした優越感というか」

「……しんゆう？」

「おっと、自称親友だったか。売れてから全然連絡寄越さなくなったし、このいきなり敬語かましてくる感じは、何？」

この口ぶりも冗談めかして拗ねているような——。

「ちょっと懐かしくはあるか」

「え？」

「初恋未満だった頃の神野さんってちょうどこんな感じだったし、やっぱりこの結婚は思うところがあった感じ？」

「あの」

「何？」

ここまで親しげに絡まれて名前を聞くわけにはいかない。小説の内容からも離れた方が賢明だろう。

「最後に会ったのって、いつでしたっけ？」

「えっと」

彼女は一瞬天を仰いだものの、たいして苦もなく思い出してみせた。

「神野さんが彼氏と別れた直後でしょう？　ほら、歴代彼氏の中で断トツいい男だった……掛橋くんだ」

改めて継ぎ接ぎだらけの記憶に総検索を掛ける。

考えてみれば、確かに誰かいたはずなのだ。悪魔と出会う前、藤島希枝を担当に付ける前、まともな恋人を作る前から、私のおしゃべりを受け止めてくれた存在が。

「意地張ってないで結婚しちゃえば良かったんじゃないの？　そうすれば妹に先越されることもなかったのに」

「……タケナガさん？」

「うん？」

竹永裕菜（たけながゆうな）は、私の親友だった。

けれどもその人となりは全て小説に落とし込んでしまったようで、名前以外に引き出せそうな情報は何一つ残っていない。きれいさっぱり忘れられているなど思いもよらないだろう彼女は、またしても返事に困る問いを投げてきた。

「もしかして神野さん、新しい男ができた？」

「へ？」

「私に愚痴らずとも小説が書けてるってことは、ちゃんと話を聞いてくれる彼氏がいるんじゃないかなって」

「それは……」

真っ先に悪魔の顔が浮かび、次いで掛橋さんを思い出した。彼にも彼女にも失礼だと思いながらも、どう取り繕うか必死に考えている。

「あは、余計なお世話だったか」

「え？」

焦る私をよそに、目の前の彼女は何の屈託もなく笑っていた。

「神野さんとはお互いに言いたいことだけぶちまけ合ってる感じだもんね。いまだに呼び方も『神野さん』だし、他の同級生から見たらウチらの関係マジで謎だろうな」

馴れ馴れしく話しかけながらも踏み込みすぎずに立ち止まる。昔からねじくれていたらしい私が彼女に心を許した理由が、なんとなく分かる気がする。

けれども今、その笑顔は眩しすぎた。

「……ごめんなさい」

「何で謝るの？　私が勝手に心配して立ち入ったこと聞いちゃっただけでしょう。妹ちゃんのハレの日なのに」

彼女は間違いなくいい人だ、きっと無二の親友だ。それなのに。

「ごめんなさいごめんなさいごめんなさい」

「神野さん？」

私は席を立った。こんな居心地の悪い披露宴なんてどうでもいい。会場の重たい扉を開けて外へ抜け出したところで、力尽きて座り込む。

「もう逃げてきたの？」

見上げるとそこには悪魔がいた。

「どうして……？」

「君の妹が僕も招待しようとしていたようなんだ」

彼が手にしてみせたのは、確かに猫田夏芽宛ての招待状だった。披露宴に悪魔を呼ぶなんてとんでもない女である。

「結婚式なんて幸せなのは当人だけだからね。ちょっと紛れ込んで次の契約相手を探すのも悪くないと思ったんだけど、君が帰るならやめておくよ」

こちらを嘲笑しながらも、悪魔は白くてしなやかな右手をスッと差し出した。

「ほら、いつまで座ってるの？」

心配なんかしてないくせに。そうは思いつつもちょっとだけありがたくて、彼の手を掴もうとした瞬間――。

インスピレーションが降りてきた。

大事なものを失ったヒロインに、主人公のレンタル彼氏が向けた悪魔的に美しい笑顔。

「……書ける気がする」

「え？」

「書かなきゃ」

悪魔の手を借りずとも、私は立ち上がり駆け出していた。すぐさま我が家に辿り着き、パソコンに向かう。

「せっかく思い出した親友をまた売りに出すんだ」

「黙ってて！」

親友を抹殺した罪悪感はいつの間にか新作への高揚感に変わっている。

問題ない。どうせ仕上げて藤島に送りつけたら忘れるのだ。だったら目一杯、この感覚を覚えているうちに描き切ってやる――。


玄関扉を開けると、そこには見知らぬ男性が立っていた。

「どちら様ですか？」

「あすみちゃん……？」

その人がふっと表情を曇らせる。

「また、忘れちゃった？」

——あ、掛橋さんか。

新作を書き上げたせいで、その分の記憶が消えてしまったらしい。

「大丈夫です。分かります」

悪魔がいないことを確認して部屋に通すと、彼はソファに腰掛けるよりも先に尋ねた。

「ねえ、本当に病院に行く気はないの？」

「ありません」

行っても無駄なのだ。私は病気ではないのだから。

「じゃあ結婚しよう」

「はい？」

「だって見てられないんだよ。ちゃんと二人で、これからどうするか考えよう」

「……どうして私に構うんですか？」

この人は私のことを好きだと主張している。しかし、全て忘れてしまった私には、彼の言動はどうにもピンと来なかった。

「確かに俺自身、ここまでくると執着なのかなって気はする」

「執着？」

「あすみちゃんが小説を書くことをやめられないのと同じように、俺もあすみちゃんを好きでいることをやめられない。だから君が恋愛の仕方が分からないと俺を頼ってくれた現状は、むしろ都合がいいんだ」

「都合がいい？」

「だって他の男に取られる心配はまずないだろう？　要するに俺は俺の独占欲で結婚したいと思っただけ」

「ああ、それなら腑に落ちます」

もし彼が心配して結婚を切り出したのなら、きっとそちらの方がどうかしている。

「納得されてしまった」

掛橋さんが苦笑する。

「じゃあ納得したところであすみちゃん、俺と一緒になることを真面目に考えてくれない？」

「私が書くのをやめられないことと、これからも掛橋さんを忘れるかもしれないことを、あなたも納得した上で言ってますか？」

彼は明らかに顔をしかめた。いい人だなんてとんでもない。この男はちゃんとわがままだ。

「毎日一緒にいても忘れるの？」

「たぶん、忘れる時は忘れます」

「どうして？」

私の肩を抱き、しっかりと目を見て問うてきた。

「記憶をなくした理由に心当たりがあるんだよね？　だから平然と忘れてしまえる」

その通りではあるけれど、認めたところでどうにもならない。

「……分かりました、考えます」

「え？」

「掛橋さんと結婚できるか、真剣に検討します。だから掛橋さんも私の記憶に関しては諦めてください」

こちらをじっと見つめた彼は、やがて力強く頷いた。

「分かった。愛してるよ」

それから彼の求めに応じて、私たちはしばし抱き合った。相変わらず私の記憶はすっぽり抜け落ちていたけれど、彼の愛撫とそれを覚えている私の身体は実によく絡み合う。初めての気がしてならないのに、既にどっぷり彼にはまっているような感覚すらあった。

掛橋さんが部屋を出ていくと、見計らったように今度は悪魔が現れる。

「また見事に売れたね」

早くも我が物顔でソファに寝そべっていた。

「映画化の宣伝がどうとか、初版部数がこれまでと桁違いだとか。売れたのは君だし売ったのは僕なのに、自分のことのように嬉しそうだったよ」

「……藤島さんと会ってたの？」

「うん。ぜひともあの魂は欲しいな」

「ということは、まだ契約はしてないんだ」

悪魔が珍しく苦笑する。

「あの女、欲の塊なんだよ。欲しいものがありすぎて、自分でも一番を決められない」

「そういうパターンもあるんだ」

たった一つの願いに丁寧に向き合うのは、悪魔なりの誠意だと前にも話していた気がする。

「悪魔を引き寄せるのは分かりやすい執着の持ち主が多いから、彼女のような人間は意外と見つけるのが難しいんだ。悪魔好みの魂なのにさ」

「へえ」

寝ても覚めても小説のことを考えている私は、さぞ分かりやすかったことだろう。

「君は君で相当珍しいけどね。一つの契約にここまで付きっきりにさせられたのは初めてだよ」

そうだった。

私の我の強さも、意外と誇っていいものかもしれない。

「ねえ、書きたい小説があるんだけど」

「好きにすればいい」

「売れない小説家が、悪魔と契約してベストセラー作家になる話」

それを聞いた悪魔は、今度は満面の笑みを浮かべた。

「面白そうだね」

「今までずっと本能的に筆を走らせてきた。でも、この書きたいって気持ちを言葉にしたことはほとんどなかったなって」

私にとって一番大事なものなのに。

「でも、そんな小説を書いたら僕との契約は忘れるだろうし、君の書きたいって気持ちも売り切れちゃうかもしれないよ」

漆黒の瞳が意地悪く光るが、特に気にはならなかった。

「それならそれでいいかな。と、思ってる」

私が筆を折ったら、掛橋さんが喜ぶだろう。執筆のための歪(いびつ)な関係から脱却して、心から愛し合うことができるかもしれない。

「死ぬまで書くって言ってたのに？」

「ホントね。だけど実際問題これ以上ちゃんとした小説は書けない気がする」

文字通り身を削って、人生を絞り出して、ようやく書き上げても書いたそばから忘れていく。

それはやっぱり、ちょっと悲しい。

だから次の作品を最後にしよう。そこには、私の全てを注ぎ込もう。

⸸

原稿はプリントアウトして掛橋さんのところへ持っていった。編集部に送って売れたらまた忘れてしまうから、その前に伝えるべきことは伝えておこうと思ったのだ。

目の前で読まれるのもこそばゆいから、彼をリビングダイニングに残して奥の寝室で待つことにした。読み終えた掛橋さんが何を思うのか、それによって私が取る行動もおそらく変わってくる。

もし彼が悪魔の存在を認めなければ、これ以上話すことはない。しかし、相手は私よりも私を知っている掛橋さんである。きっと実話だと信じてくれるだろう。

その上で、悪魔と契約するような女を彼が愛してくれるなら、書くことをやめて真正面から愛し合う道を探ろうと思う。

逆に失望したならば――。

むしろその方がラストシーンに相応しい。全てを失うのは当然の報いだ。

「君は本当に最期まで小説家だね」

「……悪魔さん？」

ベッドに腰掛けていた私の前に、絶世の美男子が立ちはだかる。

「先の展開を考えたところで、君にできるのは流れに身を任せることくらいだよ」

確かにそうもしれない。

「分かったけど、わざわざこんなところに現れないでください」

彼が悪魔であることは話せば分かってもらえるかもしれないが、自分の寝室に見知らぬ男が上がり込んでいる状況は掛橋さんを不快にさせるだけだろう。

「生憎こちらも仕事なんでね」

「仕事って……掛橋さんは関係ないでしょう？」

「もちろん出版に関してはまた君の編集担当に働いてもらう。ただ、彼も君の小説の読者であることに変わりはないんだよ」

「どういう意味？」

「君の人生が売れる瞬間に、悪魔として立ち会いに来た」

悪魔は私の小説ないし人生を、その小説の最初の読者が読破した瞬間に「売って」いるらしい。今までずっと同じ編集者に原稿を渡していたから、その辺りは曖昧にされていた。

「待って。それってつまり――」

「彼がこの部屋に現れる頃には、君が今考えたようなことは全て忘れているだろうね」

「ずるい。そんなの聞いてない」

「何度も言うけど、君のお願いが特殊なんだよ」

悪魔はまた、ニッコリと微笑んだ。

「大丈夫。君が契約を忘れても、出版する意思さえ失ったとしても、君の小説が売れることは保証するよ」

身の毛もよだつ美しさ。そうか、これが本当の「悪魔の微笑み」というやつなのだ。

「……掛橋さんに、言わないと」

覚えているうちに話さなければならない。

恋とか愛とか分からないなりに考えて、私はあなたを好きになれる気がしたと。全て忘れてしまったとしても、あなたに自分を任せていいと判断したと。

「今まで大事に取っておいたものを全部詰め込んだからね。きっとベストセラーになるんじゃないかな」

「そんなことは……後で、勝手にやってください」

「勝手にって、君が望んだことだろう？」

悪魔が邪魔しているのだろうか。扉一枚隔てた向こう側の掛橋さんがとても遠く感じた。

「ちょうど読み終えた頃かな」

ただの引き戸が、重くてびくともしない。

段々と身体に力が入らなくなってきた。気付けば足元から崩れ落ちている。

「さて、君の意識があるうちに一つ提案なんだけど」

仰向けになった私の視界に男の顔が映り込む。

「人生を全て売り払った君に残されたものって、後は死ぬことくらいなんだよね」

……あれ、私は何をしていたんだっけ？

「悪魔は契約者の生死には関わらないのが原則だけど、君の場合は一思いに殺してあげるのも優しさだと思うんだ。分かるかい？」

分からない。思い出せない。

「君も楽になれるし、僕も君の魂が手に入る。悪くないと思ったんだけど、もう意思表示すらできなくなってしまったかな？」

冷たい笑顔に邪魔されて、思考が上手くまとまらない。

誰かに何か伝えようとしていた気がするんだけど。

「仕方ない、後のことは彼に任せよう。君の筆を折るために悪魔と契約するような男だから、君がこのまま目覚めなくても大切に世話してくれるだろう」

この人は何を言ってるの？

「愛されながら死んでいけるんだから、案外君は幸せ者かもしれないね」

目の前が真っ暗になっていく――。

了

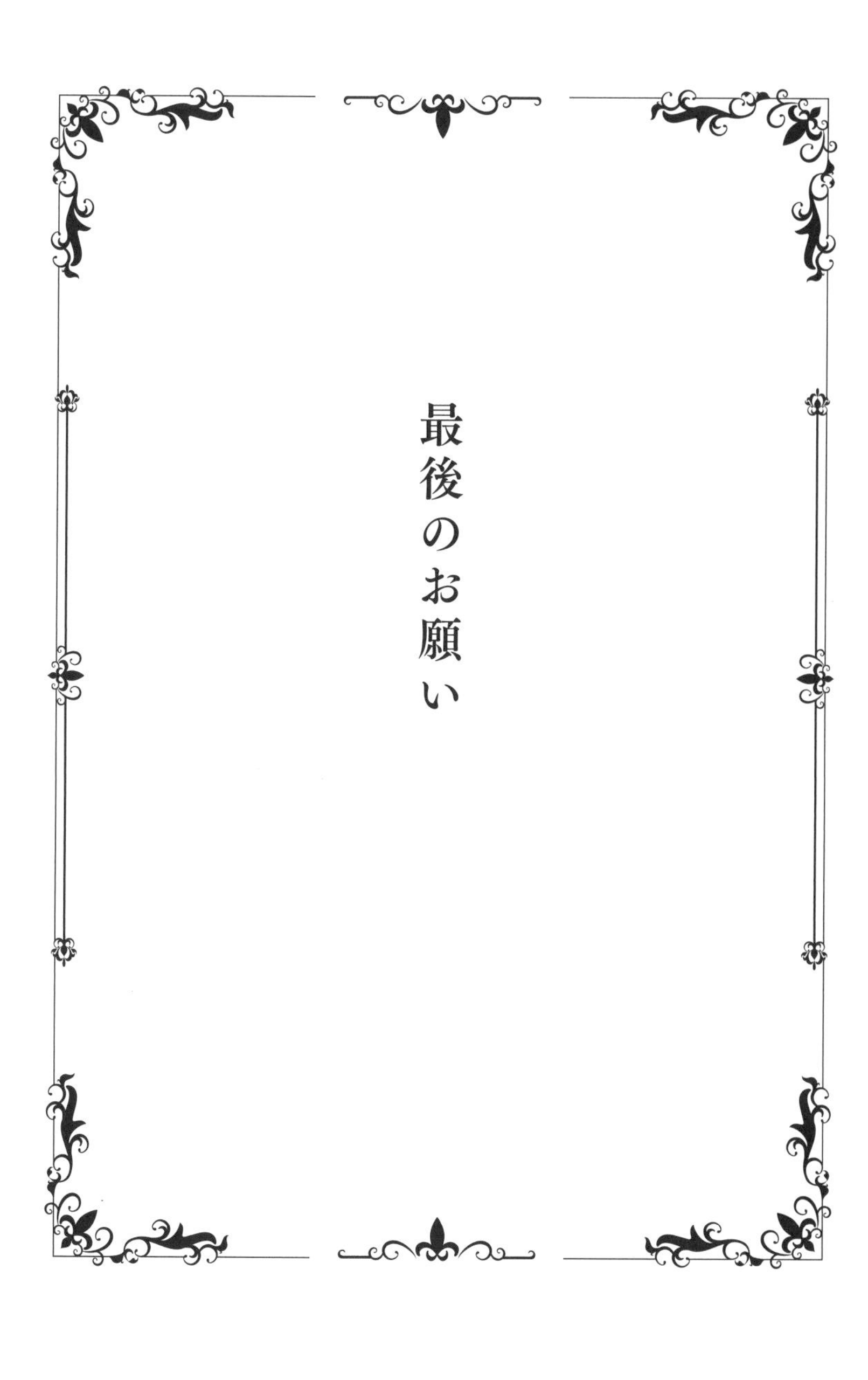

最後のお願い

一　選択

ぼんやりと白い天井を見つめながら、全ては手遅れだと悟った。

規則正しく落とされる点滴に生かされ、脈拍や心電図を示すモニターに管理され、酸素マスクに拘束されたこの身体はもはや自ら死を選ぶことさえ許されない。それに気付いた時、一気に後悔が押し寄せてきた。

そう、もっと早くに死んでおくべきだったのだ。

病院のベッドに縛りつけられてしまう前に。

自分の人生を自分で選択できていた時に。

今となってはもう、私は死神が現れるのをただ待つことしかできない。

「死にたい」

呟いたはずの声はかすれて、音になっていなかった。たとえ発音できたとしても、誰も聞いていないのだから同じことだけど。

「僕を呼び出しておいて『死にたい』とは、変わった人間もいたものだ」

「……え？」

いつの間にか、見知らぬ男がこちらを覗き込んでいた。

若い男である。

パッと見た印象は二十歳そこそこ。色白で、目は黒々として、きれいに整った顔立ちをしている。

「それが君の望みなら殺してあげるけど、どうする？」

黒い髪に、黒い服。

冷ややかで美しい笑みを見た瞬間、一つの可能性が頭に浮かんだ。

「もしかして死神ですか？」

「いや」

彼はもったいぶったようにゆっくりと首を振り、もう一度、ゾッとするほど美しく微笑んだ。

「悪魔だ」

言われてみれば、それは「悪魔の微笑み」と呼ぶにふさわしい笑顔だった。

悪魔は私の傍らに立ち、まっすぐこちらを見下ろしている。誰かと――それもこれほどの美男子と――じっと見つめ合うことになったのは初めてだ。気恥ずかしくて仕方ないのだが、ベッドに縛りつけられた私は目を逸らすことすらままならない。

「ここまであっさり信用されるのも珍しいな」

だって疑う理由がない。

「……でも、悪魔ってそもそも何者ですか？」

「いきなり難しい質問をするね」

「難しいですか」

「君は自分が何者か説明できるのかい？」

「私？」

名前は石上千広（いしがみちひろ）、性別は女、年齢は二十八歳、働けるうちは会社勤めをしていたが、病に倒れた現在は無職で——と、こんな上っ面の情報は何の答えにもなっていないだろう。

「悪魔は悪魔だ。今しがた君が想像したものと大差ないから安心するといい」

「よく分からないけど、安心はできない気がします」

何せ悪魔である。

「僕は君の願いを一つ叶えてやる。代わりに君は僕に魂を差し出す。そういうシンプルな取り引きを提案しにきたんだよ」

確かにその提案は、私がイメージする悪魔に当てはまるものだった。

「どうして私に？　どうせもうすぐ死ぬのに？」

「どうせ死ぬならその前に、君の望みを叶えてあげようと思ってね」

「やっぱり。もうすぐ死ぬんだ」

「僕はそうは言ってないよ。そんなことより、目の前に悪魔が現れた幸運をものにするべきだ」

これまた文字通りの「悪魔のささやき」か。美しい低音が私を魅了する。

「君の望みは何だい？」

「……本当に、何でも叶えてくれるんですか？」

「もちろん」

力強く頷くので、ふと湧いた疑問をぶつけてみる。

「でも、こういう時ってタブーが付きものじゃないですか。例えば、死んだ人間を生き返らせてほしいとか、不老不死になりたいとか、そういう願いも叶えられるんですか？」

すると悪魔は真顔で小首を傾げた。

「君は死んだ人間に会いたいの？」

「いえ、そういうわけでは」

ただちょっと気になっただけだ。はっきりしない私の返事にも、彼は答えを思案する。

「そうだね。もし目の前に死体があって『この人を生き返らせてほしい』と頼まれたなら、無理やり魂を連れ戻して一時的によみがえらせることはできるかもしれない」

「一時的って、どれくらい？」

「死体の状態次第かな。既に死んでいるわけだから、どんなにきれいに保とうとしても肉体は段々と腐っていく」

「つまり、ゾンビみたいになってしまうってことですか？」

「ああ。最終的にはもうやめてくれと、自ら泣きつく姿が目に浮かぶよ」

泣きつくのは契約した人間か、それともよみがえった人間の方か。どちらにしても私には縁のない話だ。

「あるいは、こちらが用意した精巧な作り物になる。契約者がどう捉えるかはそれぞれだけど、僕からすれば都合のいい人形でしかないね」

さらりと種を明かすのは、私がそういったものを望んでいないと分かっているからだろうか。

「不老不死に関しては――」

この点はぴしゃりと言い切った。

「叶えることはできない。そもそも契約者が死ななければ魂が僕のものにならないから、取り引きとして成立しない」

「まるでやろうと思えばできるような口ぶりですね」

私の突っ込みには触れずに、話は続く。

「基本的に悪魔は人間の生死に関わらないようにしている。契約をフェアに行うための不文律みたいなものかな」

「フェアに？」

「望みを叶えた途端に悪魔に殺されるとなったら、人間も躊躇して契約が成立しなくなるだろう？　だから契約者が生をまっとうするまでは、魂の回収は行わないというのが原則なんだ」

「でも――」

基本的とか原則とか、その言い回しのどこがフェアなのだろうか。

「あなた、ついさっき例外を口にしましたよね」

「うん？」

「私に『殺してあげる』って」

悪魔はまた、口元に笑みを湛えた。

「それが君の望みなら、殺してあげるということさ。ベッドに縛りつけられたまま、一人淋しく死を待ち続けるのは嫌だろう？」

確かに御免である。

「君が望む形の死を迎えることで、僕はすぐさま君の魂を手に入れることができる。そういう意味じゃ、悪魔にとって希死念慮ほど叶えがいのある願いはないんだよ」

「私が、望む形……？」

死にざまを選べる。

そう聞いた途端、他の願いを検討する余地はなくなった。私は悪魔が現れる前から死ぬことばかり考えていたのだ。

「どうする？　苦しまずに逝きたいのならこのまま眠らせてあげるし、自分でケリをつけたいのなら今の君にも使える凶器を用意してあげよう」

スッと、彼の手が喉元に触れた。

「もしくは僕が、直接首を絞めてあげようか？」

冷たい感触が脳まで届き、ゾクリと身体が震える。

「そんなことまでしてくれるんですね」

このまま一人で朽ちていくと思っていた私にとって、誰かの手の中で死んでいけるのは――たとえ相手が悪魔であったとしても――魅惑的だった。

「でも悪魔に絞め殺してもらったりしたら、きっと不可能犯罪が起きてしまいます」

どこへともなく消えた犯人に警察は頭を抱え、事件は迷宮入りか、はたまた近くにいた病院関係者が濡れ衣を着せられるのか。

「そんなことが気になるの？　君が死んだ後のことなのに」

「私には考えることしか娯楽がないので」

ずっと一人で、死について思いを巡らせることしかできなかった。だから唐突に悪魔が現れた際も、死にまつわるタブーがとっさに口をついて出たのだ。

……ずっと一人で？

「私、一人で死ぬのが一番嫌なのかもしれません」

「うん？」

「悪魔さん、私のそばにいてくれませんか？　私が死ぬまでこうやって話し相手になってはもらえませんか？」

彼は僅かに表情を曇らせた。予想外のお願いだったらしい。

「僕である必要はあるのかい？　もっと君の最期に寄り添ってくれるような人間を連れてくることも可能だよ」

「でも私、きちんと言葉を発することすらできてませんよね？」

酸素マスクに覆われた口元はほとんど動かない。うんうん唸っているだけで会話になっているのは、おそらく相手が悪魔だからだ。

それにずっと一緒にいてもらうとなると、相手の負担や病院の事情も気になってしまう。悪魔ならその辺りも問題ないだろう。と、都合のいいことを考えての人選だった。

「なるほどね」

悪魔は納得した様子で頷いた。

「君は孤独を埋める相手に悪魔を選ぶのか」

「ダメですか？」

「いや、構わないよ。君がそれを望むなら」

悪魔は酸素マスクを引き下げた。

「君が死ぬまで、僕はずっと君のそばにいよう」

そして露わになった唇に、唇を重ねた。

……え？

柔らかな衝撃が全身を巡っていく。

それは今まで味わったことのない感覚で、精神的にも肉体的にもとても深いところで触れ合っているような心地よさを覚えた。

もしこのまま死んだとしても、きっと悔いはないだろう――。

キスを終えた時、私は思わず溜め息を漏らしていた。

「これで君の魂は僕のものだ」

悪魔の微笑みをうっとりと眺めながら、私の意識は遠のいていった。

どれほど眠っていたのだろう。私はここ最近で一番すっきりとした目覚めを迎えていた。

両手を上げて、うーんと伸びをしたところではたと気付く。自分が普通に起き上がっていることに。

……どうして？

「おはよう」

「わ！」

傍らに悪魔が立っていた。相変わらずの、きれいな顔。

「君が寝ている間に考えたんだけど」

「はい？」

「やっぱり、ずっとベッドに縛りつけられている人間の相手をするのは退屈だなって」

さすがは悪魔。あまりにデリカシーがない。

「そのうち意識が混濁して会話どころじゃなくなる可能性だってあるのに、僕は君が死ぬまで片時も離れるわけにはいかなくなるんだよ」

「でも契約はしてくれたじゃないですか」

「ああ。だから動けるようになってもらおうと思って」

彼がこちらへ右手を差し伸べる。

その手に導かれるようにベッドから抜け出ると、苦もなく立ち上がることができていた。

「僕がそばにいる間、君は自分の身体を自由に動かすことができる。ほとんど痛みも感じないだろう」

「ウソ」

嘘ではないことは明白だった。

「もちろん病気を治したわけじゃない。無理をすれば残りの寿命は確実に短くなっていくだろう。そこで今、君には大きく二つの選択肢がある」

「二つ?」

悪魔はこれ見よがしに人差し指を立てた。

「一つはこのまま病室に留まって、少しでも長く生きられるよう治療に専念すること。僕は君の病状を知らないし興味もないけれど、どんな治療を選んだとしても最後まで穏やかな余生を送れることは保証するよ」

私がその選択肢に惹かれないことは、彼も分かっているようだ。今度は掌を上に向け、スッと部屋の入り口を指し示した。

「もう一つは、今すぐここを抜け出して自由を手に入れることだ」

「それしかありませんね」

早速、準備に取り掛かる。

どこかに転がっているはずだとまずはベッドの下を覗き込み、くたびれたスニーカーを見つけ出す。着替えは捜索も含めて時間が掛かりそうなので諦めて、キャビネットの上に丸めて置いてあったロングコートだけとりあえず羽織ることにした。傍らには私のショルダーバッグまで置いてある。

なんと不用心な。

さすがに貴重品の入った鞄を放置したのが看護師ということはないだろう。私が寝ている間に悪魔が用意したものに違いない。

「悪魔さん、最初からそのつもりだったでしょう？」

「どういう意味だい？」

明らかに誘導してきたくせに、認めるつもりはないらしい。

さて、長居は無用だ。私は点滴の針と心電図のコードを引きはがすと、コートを羽織り鞄の肩ひもを掛け、病室を飛び出した。

辺りはすっかり暗くなっていた。先程までまるで時間を感じなかったのに。病棟がいかに外部から切り離された空間であるかがよく分かる。

改めてスマートフォンで確認すると、既に十九時を回っていた。なるほど。今の今まで眠っていた私には夕食も提供されないし、面会時間が終わろうとしているこのタイミングは脱出に適していたかもしれない。

「で、これからどうするんだい？」

悪魔に問われ、携帯電話をしまいながら考えた。

「少し歩いてみます。ここまで体調がいいのは久しぶりなので」

通院の際はタクシーに乗らざるを得なかった道のりを、私たちはゆっくりと歩き出した。

夜の東京の街並みは、私を上機嫌にさせる。

コートの下に病院のパジャマを着ていることなど誰も気付かない。ましてやこの美男子が悪魔だなんて誰が思うだろう。考えれば考えるほど愉快な状況である。

足が向いたのは駅の方角だが、目的地というわけでもなかった。

できれば道中、高くて古くてひと気のないビルに辿り着きたかったけれど、そんな都合のいい建物は大都会東京でもなかなかお目に掛かれない。やはり背の高いビルほど、きれいで管理も行き届いているように見えるから困ったものである。

結果として私の目に留まったのは、五階建てのこじんまりとしたテナントビルだ。

ちょっと高さは足りないが、外観は周囲に建つビルの中でもっとも古く、ボタンを押すまではエレベーターが動くかどうかも怪しいくらいだった。

「むしろ動かない方が、君には好都合だったんだろうね」

黙ってついてきた悪魔が唐突に口を開く。

「え？」

「閉鎖された建物なら心置きなく飛び降りることができるから」

「別に。五階じゃ死ねるとは限りませんし、ちょっと高いところで気持ちよく風に当たれたらいいなと思っただけですよ」

「へえ」

それ以上は追及せず、私たちはエレベーターに乗り込んだ。最上階で扉が開くと——。

外観からはまるで想像できない別世界が広がっていた。

「いらっしゃいませ！」

カラオケ店の受付だった。店員の女の子が悪魔にも引けを取らない営業スマイルを浮かべる。

「二名様でよろしいでしょうか？」

「えっと……？」

気付けば私たちは、狭い個室に二人きりとなっていた。他にスペースもないため、ソファに横並びで腰掛ける。

「何でこんなことに？」

「君が『二名様』に頷いたからだろう」

「だって、二名様ですよ？」

分かっているのかいないのか、彼はケラケラ笑っていた。

二十歳そこそこのイケメンと今にも死にそうなアラサー女が同時に現れたとして、単にエレベーターに乗り合わせただけだと考える方が自然ではないだろうか。この男が私の連れとみなされるとは正直思ってもみなかった。

しかし実際には、私たちは「二名様」と数えられ、今にも触れられそうな距離にいる。

「あの、私……お手洗いに」

居づらくなって席を立つと、何故か彼もついてきた。

「君のそばにいる契約だからね」

契約というのはかなり厳密なものらしい。

「でもそれ、結構困ると思うんですけど」

「うーん。君が病室で寝ていることが前提だったからな。確かに『そばにいる』の定義は考え直した方がいいかもしれない」

悪魔は僅かばかり考え、答えを導き出した。

「お互いの声が届く距離というのはどうだい？　君の願いは僕に話し相手になってもらうことでもあったし」

それでも近すぎる気はしたが、ひとまずトイレの前で扉一枚隔ててもらうことができた。

用を済ませて通路に出ると、悪魔は非常階段へ続くドアを覗き込んでいた。

「どうかしました？」

「屋上に入ることは難しそうだなって」

「別にいいですよ」

もし本当に飛び降りるつもりだったとしても、一度お客さんになってしまうと気まずい。非常階段にすら出られないとなると今度は防災意識の低さが気になるが、私が指摘することでもないだろう。

「そんなことばかり考えていたら、いつまで経っても自殺なんかできないよ」

「でしょうね」

死にたいと強く願っても、いざとなると余計なことを考えてしまうから私は死にそこなってきた。そんなことはとうに分かっている。

「仕方ありません。戻りましょう」

「別の方法を考えるの？」

「違いますよ」

個室に戻ると、私はすかさずマイクと電子目次本を手に取った。

「とりあえず歌います。せっかくカラオケに来たんだから」

私には悪魔がついている。だからいつでも死ねる。

いつでも死ねると思ったら、案外まだ死ななくてもいいと思うものらしい。

二　渇望

心地よい疲れと共に私たちは家路についた。

こじんまりとしたアパートは閑静な住宅地に建っている。一応女の一人暮らしなので外観はそれなりにきれいなところを選んだが、狭いワンルームに無理やりユニットバスを詰め込んだような部屋での生活は、あまり快適とは言い難い。

そんな我が家に帰ってきたのは、実に三日ぶりのことだった。

「まさか一晩歌い明かしちゃうとはなあ」

ふとこぼれた言葉に、悪魔が皮肉を述べる。

「それ、僕の台詞だと思うんだけど」

「だって」

思いっきり声を出すということがあんなにも気持ちいいなんて知らなかった。悪魔は隣で見守っているだけなので、ちょくちょく休憩を挟みながらも私は一人で始発の時刻まで歌い続けていたのだった。

外付けの階段を上っていたところ、二階の一番手前にあるドアが開いて女性が出てきた。すれ違いざまに見た限りは記憶にないが、彼女を見送るように二〇一号室の前に立っていた人物とは何度か顔を合わせていた。

その男、高塚和彦（たかつかかずひこ）がニッコリと笑みを浮かべる。

「千広さん！　お帰りなさい」

「……おはようございます」

朝一番に部屋から女性が出てくるところを見られても動じない、それどころか鉢合わせた相手を愛想よく下の名前で呼んでくる。隣人ながらまるで別世界の住人だ。

「元気そうで良かった。倒れたきり三日も帰ってこないから、結構心配してたんだ」

「はい？」

「もしかして、覚えてない？」

高塚さんの問いに、私は首を傾げた。

「千広さんが表で倒れているのを、俺が見つけて救急車を呼んだんだよ」

「ウソ？」

「嘘ついてどうするの」

確かに辻褄は合う。自分が丸二日も眠っていたと知って、死にたくなったのは昨日のことだから。徐々に体調が悪化している自覚はあったが、唐突に倒れて救急車の世話になる事態はまだ予想できていなかった。

「救急車に同乗するのはいろんな意味で怖くて断っちゃったけど、千広さん全然帰ってこないから……病院まで付き添えば良かったかなってちょっと反省もしていたところで」

「……」

心配して反省した割には部屋に女性を連れ込んでよろしくやっていたようだが、私はただの隣人なのだから取り立てて突っ込むことでもない。

「でも彼氏と一緒にいたなら、俺が心配する必要もなかったね」

「かれし？」

ハッと悪魔の方を振り返る。彼は肯定も否定もせずに突っ立っていた。

「違います。この人は――」

この人は、何者なのだろう？

どうせ上手い説明などできないのだから、このまま勘違いしてくれた方が話は早い。こちらが反論を控えたことで、高塚さんは悪魔が私の恋人だと信じ込んでいた。

「彼氏さん、ちゃんと千広さんのこと見ていてあげてくださいよ。また倒れたら大変ですからね」

隣人の笑顔は得意げで、私か「彼氏さん」からお礼を言われることでも期待しているようだ。

しかし、私の中に芽生えた感情は真逆のものだった。

「……そのまま死なせてくれれば良かったのに」

「え？」

私はとうに病院通いをやめている。残された時間は好きに生きて死ぬつもりだった。

それでも救急車で運ばれたら、医者は全力で治療にあたる。

「余計なお世話だって言ってるんですよ。あなたのせいで、もう少しで――」

ベッドに縛りつけられたまま、惨めな最期を迎えるところだった。

目覚めた時の私はまともに声すら出せなかった。意思表示ができなければ、あちらはこちらの尊厳などお構いなしで治療方針を立ててしまったことだろう。

「千広さん？」

気付けば命の恩人であるはずの隣人を、キッと睨みつけていた。

「あ……えっと、ごめんなさい」

私は慌てて頭を下げ、逃げるように自室に向かった。しかし焦りのせいか鍵がなかなか手に付かない。扉の前でてこずっていると――。

スッと、傍らに悪魔が立った。

「落ち着いて」

「……悪魔さん？」

「君はもう自由なんだから」

もたついていたのが嘘のようにあっさりと、玄関扉が開いていた。

二〇二号室に足を踏み入れると、緊張の糸が切れたようにドッと身体が重たくなった。コートを脱ぐのももどかしく、そのままベッドに座り込む。

「疲れた……」

徹夜のカラオケは案外病身に響いていたらしい。

「そりゃ体力まで元通りとはいかないよ。僕は君の身体が動くようにしてあげただけだからね」

不意に悪魔の声がして我に返る。なかなか連れがいることに慣れないが、私はもう死ぬまで一人になることはないという。自分で望んだことではあるけれど、すごく不思議な感覚だった。

「しかし殺風景な部屋だね。病室とそんなに変わらないんじゃない？」

「大きなお世話です」

ベッドの他には折りたたみ式の小さなローテーブルしか家具と呼べるものがない。生活に必要な最低限しかないから、大抵のものは備え付けの収納に収まっている。

「僕だって長居するつもりはないけれど、君がいつ死ぬのか僕には分からないからさ」

ニヤニヤしながらベッドに——私のすぐ隣に——腰を下ろす。それがあまりに自然な動作だったので、上手く距離を保つことができなかった。

「……あの、近くないですか？」

「君のそばにいるという契約だからね」

思えば昨夜からずっとこの調子だ。悪魔にはパーソナルスペースの概念がないのだろうか。

他の場所に座らせようにも一人暮らしの我が家にはソファもダイニングチェアもない。代わりにペラペラの座布団を引っ張ってくる。

「座るなら、ここにお願いします」

頼んでみると、彼は存外素直に従ってくれた。

「君が椅子に座らないのは、正座の習慣があったから？」

「はい？」

彼の視線がチラと動く。その先には埃を被った将棋盤が鎮座していた。脚付きでなかなかにかさばるせいで、捨てることもしまうこともできずに放置していた代物だ。

「悪魔って、将棋も指せるんですか？」

「指したことはないけど、ルールなら分かるよ。それこそ悪魔に魂を売ってでもプロになりたい人間がいるゲームだからね」

「なるほど」

確かにそういう人間を、私はごまんと知っている。

私の人生は二十一歳で詰んでしまった。奨励会で初段になれなかったから、プロ棋士への道が閉ざされてしまったからだ。

二年も三年も遅れた学生生活の楽しみ方が分からないまま大学を卒業し、非正規雇用で黙々と事務作業をこなす日々の中、病気が見つかった。いくらか延命はできたとて、完治の見込みは限りなく低いという。

ならばもういいではないか。私の人生はとうに詰んでいる。

仕事はすぐに辞めた。どうせあと数ヶ月で契約満了という名のクビを宣告される場所に未練はない。

もしプロ棋士になっていたら――。

「もし二十歳の私の前にあなたが現れていたら、そういう契約をお願いしたかもしれませんね」

闘病生活はちょっとした話題となって、悪魔に頼らずとも孤独とは無縁の死を迎えられたかもしれない。現に病で早世した天才棋士の生涯は映画にまでなっている。

「いや、ないな」

私のちょっとした妄想は、即座に切って捨てられた。

「そこまで言わなくてもいいじゃないですか」

「悪魔は人間の強い願いに引き寄せられるんだよ。つまり君は、たいして棋士になりたかったわけじゃない」

「……」

さすがというか、彼の指摘は痛いところを突いている。年齢制限に引っ掛かった時、私は正直ホッとしたのだ。

初段に昇段したところで、更に厳しい三段リーグを二十六歳までに勝ち抜かなければプロにはなれない。それは私にとって具体的にイメージすることさえ難しい道のりだった。どうせやめるなら五年後よりも今やめた方が――なんて思考がよぎった時点で、自分は勝負師に向いていないのだろう。

「君にとって一人で惨めに死んでいくこと以上に耐えがたいものはないんだろう。僕を呼び出したということはそういうことだよ」

ならば私は、どうして二十八年間も一人で生きてきたのだろう？　もっと賢いルートがいくらでもあったはずなのに。

「……悪魔さん、今度こそ私を殺してくれませんか？」

「うん？」

にっちもさっちもいかなくなった私は、やはりこの男の腕の中で死んでみたいと思った。この部屋で死ねば、扼殺でも誰かに冤罪が降りかかることはないだろう。

「ダメだよ」

しかし最後のお願いは、あっさりと断られてしまった。

「どうして？」

「既に君とは死ぬまでそばにいると契約している。この状況で君を殺すのは、アンフェアどころか契約不履行にもなりかねない」

「……でも、私がお願いしているわけだし」

「じゃあ試してみようか」

言うが早いか悪魔は立ち上がり、ベッドに腰掛けていた私を押し倒した。首筋に冷たい両の手があてがわれる。

感情のない瞳が、まっすぐにこちらを見下ろしていた。

「おやすみ」

グッと、その手に力がこもる。

細くてしなやかに見えた指が容赦なく喉に食い込んでいく。

最初は痛みに驚いて、悪魔の手から逃れようとした。しかしジタバタしたところで振りほどけるはずもない。

「まっ……て……」

既に声は出なかった。

次第に息苦しくなってきた。身体が酸素を求め、彼の手に掴みかかるようにして必死にもがいている。

それでも悪魔は、真顔のまま私に襲いかかってくる。

「ほらね」

意識が飛びかけた瞬間、彼は力を緩めた。私は即座にその手をはねのけ、喘ぐように呼吸を確保していた。

その間も、彼はピクリとも表情を変えずに私を見つめている。

「どんなに死にたくても、首を締めたら君は本能的に抵抗するだろう。そういう人間を殺すことは、悪魔の流儀に反するんだよ」

「そんな」

「別に僕に頼まなくとも、死にたければ勝手に死ねばいい」

美しく微笑みながら、悪魔の言葉はえげつない。

「言ったろ？　君はもう自由なんだから」

ついさっき首を絞めた手が今度は頬を撫でる。まるで血の通っていない冷たい手だが、そこには確かな感触があった。

きっとこの調子で、私は死ぬまで悪魔にもてあそばれ続けるのだろう。

「あの、私……」

急にゼロ距離が恥ずかしくなってきて、私はベッドから飛び起きた。

「帰ったらシャワーを浴びたいと思っていたんでした」

そう告げてバスルームに駆け込んだ。一人暮らしの我が家で初めて内鍵が役に立つ。

三日も風呂に入らず病院のパジャマを着たまま死ぬなんて、よく考えたら格好悪すぎる。最後なのだから一張羅のワンピースでも着て、美容室で伸び放題の髪を切って——いや、これから私の行く先々には悪魔がついてくるのだ。

「さすがに男連れで美容室はないかな」

「何か言ったかい？」

「いえ、あの……」

扉一枚隔てた先に男がいると思うと、それが悪魔であってもドキドキしてしまう。

「後でお昼ご飯を作ろうと思いますが、悪魔さんは何か食べますか？」

「いや」

彼の返事は素っ気ない。

「人間の基準でそういったことを心配する必要はないよ。悪魔だからね」

「そうですか」

そういえばカラオケ店で注文させられたウーロン茶も、彼が全く手を付けないため歌い通しの私が二人分飲んだのだった。

「常に一緒にいるとそんな心配もされるんだね。契約者と行動を共にすることは過去にもあったけど、全然、密度が違うというか。死ぬまで一切離れられなくなるのは僕も初めてだよ」

扉越しの悪魔の声が近いのか遠いのか、私にはよく分からなかった。


安らかに死ぬならやはり練炭自殺だろうか——と、たいして調べもせずに考える。

ベッドに拘束されていた時は、痛くても苦しくてもそこから解放されるなら構わないと思っていた。しかし、戯れの扼殺にさえ抵抗してしまった今となっては、刃物やロープで直接身体を傷つけるような方法はできれば避けたい。

「悪魔さん、ちょっと付き合ってもらえますか？」

「別に頼まれなくてもついていくよ」

「そうですけど」

悪魔を連れて出掛けた先はホームセンターである。

練炭とそれを焚くためのバーベキューコンロ、ちょっと重くなったので持ち運び用のカートを買った。本当は目張り用のガムテープも一緒に買いたかったけれど、店員さんを心配させたら嫌なので別の量販店で用立てることにした。

「君は余計なことまで考えすぎるんだよ」

結局は練炭自殺キットとなったカートを引っ張る私を見て、悪魔がニヤニヤしている。

「僕が思うってよっぽどだね」

「……別にいいじゃないですか」

「もちろん。君の好きにしてくれて構わないよ」

こんな人間を面白がってくれる悪魔に、私はちょっとだけ救われている。もしうんざりされたらまた死にたくなるところだった。

それに、彼のおかげで他人の目は気にならなかった方だろう。例えば独り身のアラサー女が練炭を物色していたら、良からぬことを企んでいるのは明白だ。けれども傍らに男が立っていると、不審さはいくらか軽減されるらしい。

「思いの外カップルとみなされるんですけど、悪魔さんは平気ですか?」

「僕が困ると思うかい?」

あまり思わないけれど、確認はしておこうと思ったのだ。

「やっぱり君は無駄に考える人間だね」

だから損をする。分かってはいても習性は変わらない。

視界に我が家が現れて、悪魔はまた口を開いた。

「当ててあげようか。君は今、自分の部屋を事故物件にしてしまうことについて考えている」

「ばれましたか」

アパートを見上げる私の姿は、そんなに分かりやすかっただろうか。

「誰にも迷惑を掛けずに死ぬのが不可能であることは分かっています。たぶん悪魔にだってできませんよね？」

問われて彼は小首を傾げる。

「そうだなあ。その場合の最善は『死にたい』じゃなくて『消えたい』になるんじゃないかな」

「なるほど」

自分の存在ごと消してしまえば、誰にも迷惑を掛けないというわけか。

当然ながら私にその選択肢は残されていないので、買ってきた荷物を運ぶ。ここからは階段のため、重たいキャリーカートを一段ずつ持ち上げていかなければならない。チラと悪魔の方を見やったが、手伝ってくれそうな気配はない。

ガタガタと音を立てながら頑張ってはみたものの、半分ほど上ったところで足が止まってしまった。人目に付くところで荷解きはしたくないが、分けて運んだ方が賢いかも——。

「千広さん？」

二階から、高塚和彦がこちらを見下ろしていた。

「何してるの？」

「えっと……」

答えに困って俯く。やはり悪魔は知らぬふりである。

結局私が返事をする前に、高塚さんはツカツカと下りてきた。

「持つよ」

ひょいと二階までカートを運んでくれた。私は幾分拍子抜けしながら、後に続く。

改めて見ると背が高い。それに髪型とか服装とか、きっと自分に似合うものが分かっているのだろう。悪魔という圧倒的な美形とは比ぶべくもないが、この男も格好いい部類に入るのかもしれない。

「また余計なお世話だって言われそうだけど」

「はい？」

彼はキャリーカートを手にしたまま二〇一号室の前で立ち止まり、まっすぐこちらを見据えて尋ねた。

「これ、何に使うの？」

「何って」

即座に答えられなかった時点でばれている。

「あの男は、本当に君の彼氏？」

「……あなたには関係ないでしょう」

勝手に勘違いをしたのは高塚さんなのに、今度は疑いの目を向けてくる。思わず逃げようとした私の肩を彼はしかと捕まえた。

「どこで知り合ったの？　なんか怪しいサイトとか」

「違います」

「変な保険を勧められたりとか」

「ないです。あの人はそういうのじゃありません」

きっと「そういうの」よりもずっとタチの悪い相手だ。

「あの男、君のことなんかなんとも思っちゃいないよ」

そんなことは分かっている。でも、この男だって「そういうの」と同類ではないだろうか。

「あなたみたいに女をとっかえひっかえしている男よりはマシです」

隣に住んでいれば分かる。高塚さんの部屋には常に複数の女性が出入りしている。しかもその顔ぶれはころころ変わる。

「そうやっていい人ぶって、たくさん女の人を泣かせてきたんでしょう？」

反撃のため、あえてきつい言葉を使った。そのつもりだった。

しかし隣人は全く堪えていないどころか――。

「千広さん、淋しかったんだね」

次の瞬間、何故か私を抱きしめていた。

「……え？」

「もっと早くこうしてあげられたら良かった」

あまりに想定外で私は完全に固まってしまった。その手が優しく背中を撫でたところで、ハッとして彼を突き放す。

「何ですか急に？」

「隣に住んでたら分かるよ。千広さん、彼氏どころか家族も友達も部屋に呼んだことないだろう？　だから今朝の時点で意外だなとは思ったんだ」

交友関係はお互い筒抜け、ということか。

「人間一人だとろくなことを考えないからね。俺だって話くらい聞けるから、あんな怪しい男と付き合うのはやめときな」

「な……あなただって、十分怪しい男です！」

キャリーカートの取っ手を掴み、私は隣室に逃げ込んだ。

恐ろしい男だ。きっとああやって何度も女を手玉に取ってきたのだろう。しかし彼の指摘はあまりに的確だった。

――人間一人だとろくなことを考えないからね。

「お帰り」

「……あれ？」

二〇二号室に悪魔がいた。それに気付いて考えてみると、施錠したはずの玄関も開いていた。

「お隣さんに絡まれたら面倒くさそうだったから、勝手に入らせてもらったよ」

「そんなことできるんですか？」

「悪魔だからね」

便利な言葉である。

「だったら――」

都合の良すぎる言葉に、私は噛みついていた。

「悪魔だったら、さっさと私のことを殺してよ！　何で今更面倒くさい隣人に絡まれなきゃいけないの？」

我ながら身勝手な理屈だったが、この男も私の言葉になんか動じない。

「逆だよ」

「え？」

「せっかくすぐに逃げ込めるよう鍵を開けておいたのに、何であんな男に抱きしめられてるの？」

「そんなの、だって……」

ドンと壁際に追い詰められた。その気になれば抜け出せた高塚さんの抱擁と違って、悪魔のそれは完全な拘束だった。

「僕だって君を殺せるものなら殺したいよ。でも、そういうわけにはいかないんだ。君は僕と一緒にいることを望んだんだから」

彼の右手がそっと頬を撫でる。そのままクイと顎を持ち上げるから、またキスされるのかと思った。

「ねえ、早く死んでよ」

何の躊躇もなく告げる男は、紛うことなき悪魔である。

「そしたら君は僕のものになるのに」

いつだって彼の手は冷たい。

対して隣人の、高塚さんの抱擁は温かった。人肌のぬくもりを確かに感じられた。安っぽい同情ではあるが彼なりに共感しようと努めていたことは分かる。

「もしかして、また余計なこと考えてる？」

「……そうかもしれませんね」

私が魂を売ってでも欲しかったものは、いったい何だったのだろう？

三　裏側

玄関扉を開くと、見知らぬ女が立っていた。

「石上千広さんですか？」

相手が尋ねてくるということは、初対面に間違いないだろう。それなのに頷いた瞬間、私は抱きしめられていた。

「良かった！」

「……え？」

たっぷり五秒は抱き着いていた彼女は改めてこちらに笑顔を向けると、思いの外事務的な動作で名刺を差し出した。

「初めまして、滝川（たきがわ）透子（とうこ）と申します」

折り目正しく頭を下げた彼女は病院の事務員だった。

その正体に驚いてとっさにドアを閉めようとしたところ、滝川さんは扉の内側に半身を滑り込ませて力業で阻止してきた。私の手を取り、勢いのままぶんぶんと握りしめる。

「本当にお会いできて良かったです。みんな心配していたんですよ」

「みんなって……？」

「病院のスタッフ一同です。特に一昨日の夜は、動ける職員総出で石上さんのことを探していました」

言われてみれば当然のことだった。が、あの時はそこまで気に掛ける余裕はなかったのだ。

「あの、勝手に出ていったのはすいません。でも、私――」

「病院からの電話、その都度切ってたでしょう？」

「……はい」

「逆に安否確認になって助かりましたよ。一時は警察に届けるかなんて話しているスタッフもいましたからね」

彼女がさらりと口にした台詞に、こちらは相当ドキリとした。

つまり、私がスマートフォンの電源を落としていたら更に大事になっていた可能性があるのか。

そうならなくて本当に良かった。

「じゃあ戻りましょうか」

「え？」

「病院に」

これまた至極当然のように告げて、私を外に連れ出そうとする。

「待ってください。困ります」

「困っているのは我々です」

「そうでしょうけど……あの、立ち話もなんですから」

私は滝川さんを部屋に招き入れることにした。このまま玄関前で押し問答を続けたりして、また隣人にでも見つかったら厄介だ。

それに――。

部屋に上がった彼女は、悪魔に気付いて目を丸くした。

「立ち話がなんなら喫茶店でもファミレスでも行きますよ？」

「大丈夫です」

外に出たら、この男は何も言わずについてきてしまうのだ。彼女が彼に気を取られているうちに練炭とコンロはキッチンの陰に押し込み、何食わぬ顔で座布団を勧める。

正座した滝川さんは、急に伏し目がちになって視線を彷徨(さまよ)わせていた。どうやらベッドに居座る悪魔のせいで、目のやり場に困っているらしい。私も少し前まで困っていたが、押しの強そうな彼女が大人しくなるならこの男の存在もありがたい。

おかげで会話はこちらから切り出すことになった。

「滝川さん、私、病院に戻るつもりはないんです」

「え、どうして？」

彼女は目を見開き、ローテーブルの向こう側からずいと身を乗り出した。初対面とは思えないほどまっすぐ見つめてくる。

「どうしてって、死に際くらい選びたいからです。病室に閉じ込められたまま死ぬのは御免です」

「死ぬなんて、そんな」

大げさだと言わんばかりに首を振る。

そうか。この人は事務員だから、詳しい病状は知らないのか。

「私はもう治らないんですよ。だから最期は好きなように迎えたいんです」

「だって石上さん、ピンピンしてるじゃないですか」

それはひとえに悪魔のおかげだ。彼がいなければ、病院を抜け出すことも叶わなかった。

しかし何も知らない滝川さんは納得していない様子で治療の再開を勧める。

「大丈夫ですよ。今からでも――」

「行きません。病院には」

私がにべもなく断ったからか、彼女は矛先を変えた。

「彼氏さんは？」

「ん？　ああ、僕？」

高みの見物を決め込んでいた悪魔が、意外にも返事をする。

「石上さんに少しでも長く生きてほしいと、思っているんじゃないですか」

「そんなの、本人の好きにさせておけばいいだろう」

彼は緊張感の欠片もなく答えた。滝川さんが眉根を寄せる。

「彼女が一番不安に思っている時に無責任なこと言わないでください」

「僕がどう思っているかと聞いたから、正直に答えてあげたんじゃないか」

「それで『好きに』ですか」

けれどもどうして、彼女は折れない。

「石上さん、どうして病院を抜け出したんですか？」

「……さっきも言ったじゃないですか。好きに死にたいって」

「ですからその『好きに』というのは、具体的にどういうことでしょうか？　治療に専念するとなれば、しばらく自由が利かなくなるのは確かでしょう。その前にどうしてもやりたいことがあるというのなら、それは尊重されるべきだと思います」

「！」

不意に、目から鱗が落ちる。

私はいつ、どこで、どうやって死ぬかということばかり考えていた。せっかく病院を抜け出して自由を手に入れたというのに、最後にやりたいことなんて、そんな発想はまるでなかったのだ。

「私は医師でも看護師でもありませんが、その分職業倫理には縛られません。何かお手伝いできることがあるかもしれませんせん」

「……ないですよ。そんな、今更」

「じゃあ一緒に考えます。ね？」

そう言って彼女は悪魔へ鋭く一瞥をくれた。

「石上さん、あんな無責任な男の言うこと真に受けちゃダメですよ」

「無責任とは聞き捨てならないね。彼女が死ぬまで片時も離れないと約束したこの僕が」

彼は不敵な笑みと共にうそぶいた。

「そうなんですか!?」

「あ、えっと……」

そもそも何故このような状況に陥っているのか。さっさと練炭を焚いてしまえば、それで全て終わるはずなのに。

「滝川さん、もう結構です。あなたのお力を借りる必要はありませんから。やるべきことは自分でやります」

「そうですか？」

彼女は名残惜しそうな目をこちらに向けながらも頷いた。かと思うと――まるで想定外の言葉を口にした。

「では、近いうちに病院にいらしてください」

「……はい？」

「石上さんは救急車で運ばれてきて勝手に病室を抜け出しているので、改めて入退院の手続きと費用の請求をしたいんです。それが私の仕事です」

「ああ、それはそうですね」

死ぬ前に、やるべきことができてしまった。

こうした真っ当な理屈には逆らえないところが、私がまだ死ぬことができていない最大の理由だろう。それが証拠に悪魔がケラケラと笑い出す。

「いやあ、君って本当に律儀だよね」

「放っておいてください」

「うん、君の好きにするといいよ」

滝川さんの白い目をものともせずに、思う存分笑い転げていた。

数日後、無事に病院の精算を済ませた私は、外出ついでの寄り道を悪魔に提案した。

「ちょっと、行きたいところがあるんですけど」

ダメと言われるわけもなく、私は予約した店に足を運んだ。高級フレンチのレストランである。

今日はそのために初めから一張羅のワンピースを着ていた。彼の方はいつも通りジャケットもネクタイもないシンプルな装いだったが、その格好を店員が気にすることはなかった。悪魔はドレスコードとも無縁らしい。

「どういう風の吹き回しだい？」

案内されるままに大人しく席に着いた彼だが、その表情は少々不満げであった。

――そうか、悪魔は食事を取らないいんだっけ。

とはいえ、ピンと張ったテーブルクロスとピカピカの食器を前にした美男子は映画のワンシーンのようにさまになっていて、こちらとしては彼をこの場に連れてきただけでも一仕事したかのような達成感がある。

「この前、滝川さんにどうして病院を抜け出したのか聞かれたじゃないですか。それで考えたんです」

とうに詰んでいる私の人生に「やり残したこと」はない。けれども「どうせ死ぬならその前にやってみたいこと」くらいはあるかもしれない。

「というわけで『最後の晩餐』を食べてみようと思いました」

私の収入は決して多くはなかったけれど、真面目に黙々と働き続けていたから最後にパーッと美味しいものを食べるくらいはできる。少ない貯金を無意味な医療費に注ぎ込むよりはよっぽどいい使い道だろう。

「まあ、フランス料理なんて本当に美味しくいただけるかちょっと不安なんですけどね」

何せメニューが意味不明だった。とりあえずオススメのコースとワインだけ注文し、後はなるに任せるしかない。

ちなみに私はほぼ下戸である。きっとグラス一杯で明日は二日酔いだろうが、気持ちよく酔えたら勢い練炭に火を点けることができるかもしれない。その辺りもちょっとした賭けなのだ。

「美味しくいただけなかったら、絶望して火を点けるのかい？」

「分かりませんよ、そんなこと」

酔った勢いで自殺できるならそれでも構わない。だがもし明日が来てしまったら、もう少しベタに焼き肉やお寿司を最後の晩餐とするのではないだろうか。美味しくいただいた場合でも十分にあり得る選択だ。

店員が前菜を運んできたので、物騒な話題はやめにしてひとまず乾杯することにした。

「グラス持ってください。格好だけでも、ね？」

「仕方ないな」

悪魔がグラスを掲げる。合わせて私もグラスを持ち上げた。

「カンパイ」

私が告げると、彼はそのままグラスをテーブルに戻した。そしてこちらも、ゴクリとはいけないので舐めるように味見する。

「わ、お酒だ」

「随分な感想だね」

飲んですらいない悪魔に言われたくない。

しかし、退屈そうに座っている彼を見ているとちょっと申し訳ない気持ちにもなってくる。

「……一つ聞きたいんですけど、食べられないんですか？　それとも食べたくないんですか？」

「ん？」

カトラリーは外側から使う。それ以上のテーブルマナーを知らない私でも、食事に全く手を付けない彼の態度が一番のマナー違反であることは分かる。けれどもそれは、彼をここまで連れてきてしまった私のマナー違反でもあるかもしれない。

「相変わらずだね。僕のことなんか気にせず、最後の晩餐とやらを楽しめばいいだろう？」

「そうもいきませんよ」

特にフレンチのコースは、一皿ずつ順番にサーブされるのだ。彼の前に料理が溜まっていくのを見るとどんどん申し訳なくなってくる。

メインの肉料理にナイフを入れる前に、私はもう一度尋ねた。

「結局、食べられないんですか？　食べたくないんですか？」

「そうだねぇ」

彼は小首を傾げた。考えるところなのだろうか。

「どちらとも言えるかな」

「え？」

「人間の食事の真似事ならできるよ。だけど僕にとってそれは栄養補給にもならなければ、美味しくも楽しくもない。だからそもそも食事とは言えないかもしれない」

その一言で、私の申し訳なさは頂点に達した。

「ごめんなさい」

「どうして謝るの？」

「だって、美味しくない食事って辛いだけじゃないですか」

それでも生きるために無理やり食べることもあるけれど、彼には必要ないという。

「だからこうして君を眺めているんだろう。大丈夫。君はなかなか面白い人間だから、自由を与えたかいはあったと思っているよ」

悪魔がニッコリと微笑んだ。それがいつもより友好的に見えて、私はちょっと安堵する。

「本当ですか？」

「うん。それに君があと何日生きようが何年生きようが、僕にとってはたいした時間ではないんだ」

「また随分な言いようですね」

だから私も、少しだけ笑うことができた。

「そういえばさっき、人間の食事って言いましたよね。悪魔の食事は別にあるんですか？」

「ん？」

「悪魔は何を食べるんですか？」

「……そうだねえ」

彼の右手が顎の辺りを彷徨う。やはりちゃんと考えている仕草である。

「食べるって表現で合っているのか分からないけど」

そしてまた、彼は微笑んだ。

しかし今度は「悪魔の微笑み」と呼ぶにふさわしい、ゾッとするような美しい笑みだった。

「人間の魂」

「へ？」

その意味を理解した瞬間、私の右手からナイフが滑り落ちた。

ガシャンという音に反応して、店員がやってくる。

「大丈夫ですか？」

「……え？　あ、はい」

落としたナイフを拾って、「新しいものをお持ちします」と去っていく。

「あなた、私を食べるつもりだったんですか？」

「今更じゃないかな。君の魂は僕のものになると、初めにきちんと伝えたはずだよ」

「いや、でも……」

「それに僕が君を手に入れるのは君が死んだ後だ。だからこそ僕は君を殺さないと、これも説明したと思うけどね」

「そうですけど」

目の前のフォアグラを見つめる。このガチョウは私に食べられるために無理やり太らされ、選ぶ余地すらなく殺されている。きっと生きている間はそんな末路など考えもしなかっただろう。

悪魔にサーブされたお皿へ視線を移す。相変わらず料理には一切手を付けていない。そこに乗っているのは、私自身ということか。

彼は私のことをただ黙って見ている。直接手を下すことなく、勝手に死ぬのを今か今かと待っているのだ。

「お待たせしました」

代わりのナイフを持ってきた店員を、私は思わず引き留めた。

「どうかなさいましたか？」

「いえ、その……実は私たち、今日はあまり食欲がなくて。せっかく予約したから来たのだけど、ごめんなさい」

悪魔の態度は「食欲がない」というレベルではなかったが、言いたいことを汲み取った店員は料理を下げ、デザートとコーヒーを持ってくると告げた。

「いいのかい？　最後の晩餐だったんだろう？」

向かいに座る男がニヤニヤとうそぶいている。誰のせいで食欲がなくなったと思っているのか。

「もしかして怒ってる？」

「そんなわけ、ないじゃないですか」

悪魔と契約するのだから、そういった結末も覚悟しておくべきだった。これは単なる確認不足で、彼の言うように今更だ。

「ごめんね」

「……どうして謝るんですか？」

「ちょっとしゃべりすぎた気がして。この手の質問ははぐらかすことも多いんだけど、君とは目的なく一緒にいるせいで僕も少しおしゃべりになっているみたいだ」

言葉の割にまるで悪いとは思っていない、いっそ無邪気にさえ聞こえる謝罪だった。

「別に、怒ってないって言っているじゃないですか」

むしろ正直に話してくれて良かったではないか。食物連鎖の頂点にいるのが人間ではないと気付かされただけで、しかも彼は私が死ぬまで手を出さないと誓っているわけで――。

「お待たせいたしました。苺のミルフィーユです」

何をどう自分に言い聞かせても、食後のデザートを味わうことはできなかった。

四　告白

死は全てから逃げ出せる手段だと思っていた。

自殺者の中にはあの世や来世の存在を信じて死ぬ人間もいるだろうが、私はどちらかというと全てが無に帰すからこそ楽になれると考えていた。

でも、本当に「死んだら終わり」なのかどうかは誰にも分からない。少なくとも悪魔の言葉は、死後の世界の存在と自分がそれを手放してしまったことを思わせた。

全てを終わらせたかった私なのだから、あの世に逝く権利を放棄したところで問題はないはずだ。悪魔に食べられるといっても、その時には既に死んでいるわけだし、少なくとも肉体的な苦しみはないだろう。

――では何故、私はこんなにもやもやしているのだろう？

コツコツと階段を上る音が聞こえてきて、私は僅かに視線を動かした。そこへ高塚和彦が現れる。

「千広さん？」

アパートの二階の通路で、自室の扉を背に一人黄昏れていた女を見つけて彼が訝しむ。

「どうしたの？」

部屋からそのまま出てきた私は荷物も上着もない軽装で、まるでホテルのオートロックでうっかり部屋から閉め出された時のような格好になっていた。

「……ちょっと、イケメンの顔を見てられなくなって」

言い訳じみたことを口にしながら、玄関扉を指してみる。

「あの男のこと？」

「まあ、はい」

高塚さんは分かりやすく眉根を寄せた。

「君が外に出るの？　君の部屋なのに？」

「それはだって……ほら、こんなふうにご近所さんと鉢合わせる可能性があるわけじゃないですか。彼が閉め出されているところを見られる方が気まずいと思って」

とはいえ、わざわざ声を掛けてくるのはこの男くらいだろう。少し前に帰ってきた別の住人は、チラと目を向けただけで何も言わずに通り過ぎていった。

「千広さん、彼のこと相当信頼しているんだね」

「え？」

「閉め出された彼が律儀に扉の前に張りついていると考えたわけだろう」

言われてみれば、高塚さんがそう思うのは無理もない。

「意外と律儀なんですよ。契約は絶対なんで」

「契約？」

彼は二〇一号室の扉を開けようともせず、私のことを見下ろしていた。

「……高塚さん、話くらい聞けるっておっしゃってましたよね。ちょっと聞いてくれませんか？」

予想通り、彼がコクリと頷いた。もしかしたら私は、最初からそのつもりで表に一人で立っていたのかもしれない。

「えっと、千広さんの部屋には男がいるんだよね。ウチに来る……わけないか。ファミレスにでも入る？」

「結構です」

「それはそれで困るんだよな」

場所を変えようとしない私の肩に、高塚さんは自らの上着を羽織らせた。この優男(やさおとこ)ぶりを胡散(うさん)くさく感じてしまうのは私のせいか、それとも中にチャラチャラして見える服を着ていた彼が悪いのか。

とにもかくにも、私たちは二〇一号室と二〇二号室のドアの間に立ったまま話を始めた。

「私、もうすぐ死ぬんです」

唐突な告白に、彼は「いい人」のお手本のような動揺を見せた。

「馬鹿なこと言わないでよ」

「いえ、別に馬鹿なことを考えているわけじゃなくて、本当に病気で余命いくばくもないんです」

私が倒れて救急車を呼んだことを思い出したのだろう。高塚さんはハッと表情を曇らせ、黙り込む。

「気付いたら病院のベッドの上にいました。目が覚めたら身体が全く動かなくなっていて、きっとこのまま死んでいくんだと思ったんです」

「そう、なんだ」

彼がぎこちなく相槌を打つ。その反応を見るに、存外素直な人なのかもしれないと思った。

「でも、私はそれが嫌でした。だから……高塚さんのおっしゃる通りなんですよ」

「……え？」

「ずっと一人で淋しくて、ろくなことを考えなかったから彼を頼ったんです」

「どういうこと？」

「私はあの男に、死ぬまでそばにいてほしいと頼みました。結構な対価を支払って」

できれば殺してほしかったけど、それは叶わなかった。

真っ先に「殺してあげる」と言われながらその選択をしなかったのは、実は悪魔の誘導だったりしないだろうか。人間を殺すのは悪魔の流儀に反すると話していたわけだし。

「そもそも、あの男は何者なの？」

「さあ？　本当のところは私にも分かりません」

さすがに悪魔とまでは明かせないし、悪魔だとして何者なのかは結局分からずじまいである。だから私はお金で彼を雇ったかのように説明していた。

「素性の分からない男を信用できるの？」

「少なくとも、契約の遂行に関しては信用しています」

厳密すぎてちょっと困っているくらいだ。

「彼が律儀にそばにいようとすると、逆に私が一人になりたい時まで付きまとわれてしまいます。だから今はこうして、扉一枚隔てた距離に控えてもらっているわけです」

そこで私は一度言葉を切った。悪魔の正体を伏せたまま、この先をどう伝えたらいいものか。

「……もし、その話が本当だとしたら」

黙り込んだ私を見て、高塚さんがゆっくりと口を開く。

「あの男の態度は余計に信じられないよ。千広さんの残りの人生に寄り添う立場のはずなのに、全くそんなふうには見えなかった」

「でしょうね。彼は私の死を見届けるだけで、私の人生なんか興味ないんです。きっとさっさと死んでくれた方が都合がいいくらいに思ってる」

「どうしてそんな男に？」

「他にどうしようもなかったんです」

自嘲して笑って見せると、何故か彼が申し訳なさそうな顔をする。

「ごめん」

「……何がですか？」

「俺が救急車を呼んだ時、やっぱり病院まで付き添うべきだった。そうすれば、君が目覚めた時に淋しい思いをすることもなかったし」

「そんなの、高塚さんは悪くないですよ」

たとえ病院まで善意で付き添ってくれたとして、私は二日も眠り続けていたのだ。どうせ目を覚ます前に帰ってしまったことだろう。

「余計なお世話だって怒ったのは千広さんじゃないか。そういう気持ちもその場で俺がきちんと受け止めていたら、君だってあんな男を頼らなくても良かったのに」

「いや、でも……彼のおかげで私は自由を手に入れたわけだし、別に後悔はしていないと思います」

「自由を？」

「病院を抜け出したんです。彼に手伝ってもらって」

「え？」

またしても彼は素直に驚き、語気を強めた。

「ダメじゃないか！」

こんなふうに怒れる高塚さんはいい人なのだろう。少なくとも外面は。

「言ったでしょう。どうせ私は死ぬんです。だから自分で片を付けようともしたんですけど」

「片を付けるって」

「お察しの通り、自殺するつもりでした」

けれどもまだ生きている。考えすぎるほど考えてしまうこの性格のせいで、機を逸し続けている。

絶句している高塚さんに向けて、もう一度自嘲的な笑みを浮かべた。

「私はどう死んだらいいんでしょうね」

それはお節介な彼へのちょっとした意趣返しだった。だが、数日前と同様この男は皮肉をものともしなかった。

「千広さん」

気付けば私は高塚さんの腕の中にいた。

「俺で良ければ一緒にいるよ」

「……何、言ってるんですか？」

既に一度突っぱねられているくせに、彼には迷いがない。

「だって、君は頼る相手を間違えたと思っているんだろう？　だからまだ淋しくて、俺に打ち明けてくれたんだろ？」

「違いますよ。淋しいとかはもうどうでもよくて……私が必要としているのは、一緒にいてくれる人よりむしろ私を殺してくれる人なんです」

「君はまず、どう死ぬかじゃなくて、残りの人生をどう生きるかって方向に考えを改めた方がいい」

「そんなお説教、聞きたくありません」

にべもない言葉を返しながらも、私は大人しく彼に抱きしめられていた。

人肌のぬくもりはお仕着せのコートどころではなかった。彼の温かさに触れて初めて、自分が凍えていることに気付く。

「どうせそうやっていつも女の人をたらし込んでいるんでしょう？　たまたま隣に淋しそうな女が住んでたから、気まぐれに声を掛けたんでしょう？」

「そうだよ」

高塚さんは取り繕うことなくはっきりと肯定した。それがあまりに予想外で、私は彼のことをまじまじと見上げていた。

「俺って都合のいい男なんだ。いつも誰かしらに使われて捨てられて、また拾われて……でもそれで相手の心の隙間を埋めたり、傷を癒したりできるなら、もういいと思ってる」

「ウソ？」

「嘘をつくなら、もっと格好いい嘘にするよ」

それは分からない。私みたいなひねくれた女の気を引くために、わざと自分を卑下してみせているのかもしれない。彼が多くの女性を部屋に連れ込んでいるのは事実なのだから。

「俺、本当に千広さんみたいな人を放っておけないんだよ。お願いだから死ぬとか言わないで」

とはいえ、もうすぐ死ぬ私にとって真実なんてどうでも良かった。私はほんの少しの期待を込めて尋ねた。

「じゃあどう生きたらいいんですか？」

直後、彼と私の唇が重なった。

……え？

驚いて飛び退こうとしたが、逃がしてくれない。

「ちょっと、待ってください」

「ああ、ごめん。俺、人目とか全然気にならないからさ」

高塚さんが二〇一号室の扉を開ける。

「入って」

「でも」

私の視線は二〇二号室に向かっていた。

「あの男は君のことをなんとも思っていないんだろう？」

「そうですけど」

「千広さんが外で凍えていても、まるで知らんぷりなんだろう？」

「そうなんですけど」

「もしかして、自分に冷たい相手の方が安心する？」

「！」

やはり高塚さんはただのチャラ男ではない。腕のいい詐欺師か都合のいい男かは判断が付かないが、ねじくれた人間の思考回路をよく理解している。

「相手に期待したくないって気持ちは分かるよ。でもここは一つ、俺のこと信用してくれないかな」

「……騙されたと思って？」

高塚さんが苦笑する。

「そうだね。騙されたと思って」

では騙されてやろう。そう自分に言い聞かせ、二〇一号室に足を踏み入れた。

隣室だけあって間取りは我が家と同じだ。けれども、彼の部屋には生活感があった。ソファがあってテレビがあって、ローテーブルの下にちゃんとラグが敷いてある。その分狭く感じるが、私の部屋が閑散としすぎているのだろう。

「座って」

言われるままにソファに腰を下ろす。いや、その前に借りていたコートを脱ごうとして、手が止まる。

「こんなに冷たくなっちゃって」

再び彼がキスをしたのだ。私の肩を抱き、優しく背中を撫でる。

高塚さんに触れられたところから、私の身体は少しずつ熱を帯びていく。それが心地よくて、おずおずとこちらから手を伸ばそうとした。

しかし――。

違和感は唐突に訪れた。

「千広さん？」

私は息苦しくなって、その場にうずくまった。伸ばしかけた手は、高塚さんではなく自分自身の肘を掴む格好で擦り合わせていた。

「大丈夫？」

懸命に頷く。けれどもそれは「大丈夫」という回答にはなっていないようだった。

焦った高塚さんが、携帯電話を手に取る。

「待って……何、する……気？」

「何って救急車」

「呼ばないで！」

私は必死に彼の腕にしがみついた。

「病院は、いや」

「でも」

ここで救急車を呼んだら、ただ生きるための延命治療が施されてしまう。もしＩＣＵにでも突っ込まれたら、ただの隣人である彼の手は二度と掴めなくなるだろう。

「一緒に……いて、くれるんでしょ？」

高塚さんはまだ迷っていた。けれども、私が彼のスマホを離さないため、電話は掛けられずにいる。

「あなたの、腕で……死にたい」

意識が遠のいていく中、最後までそう訴え続けていた。


最初に視界に飛び込んできた天井は、我が家と同じものだった。

けれども窓に掛かったカーテンの色が違う。ぐるりと見渡せば、ここが高塚和彦の部屋で、私が眠っていたのが彼のベッドであることは容易に理解できた。

「おはよう」

それなのに、傍らに立っていたのは悪魔だった。

「どうして?」

「君のそばにいると約束しただろう?」

「でも」

こちらが上体を起こすとほぼ同時、彼はベッドに腰を下ろした。またもゼロ距離で、二人きり。

「高塚さんは?」

「いつも通り仕事に向かったよ。僕が現れて君の発作を落ち着かせたものだから、彼も安心したんじゃないかな」

「いや、だとしても」

普通に考えて、自分の部屋に私とこの男を置いていくわけがない。

「追い払うのに僕の力も少しばかり使ったけれど、あの男のことは問題ない。そんなことより——」

冷たい手が、唐突に肩を抱き寄せる。私はつんのめるように悪魔の胸に突っ込んで、半身を預ける形になっていた。

「困るんだよ、こういうことは」

耳元で、美しい低音がささやく。

「こういう……？」

「あの男に抱かれて死のうとするなんて、契約不履行もいいとこじゃないか」

「あれは、苦しくなった時にたまたま高塚さんが目の前にいたから」

とっさに腕を掴んだだけということに間違いはないが、私が発作を起こしたのはたまたまではないのだろう。

「君が自由に動けるのは僕のおかげだって、分かってるよね？」

「……はい」

「そもそも僕は君が望んだからここにいるんだ」

「あの、分かってますから」

引き寄せられた姿勢がきつくて腰を浮かせたら、ひょいと抱え込まれてこの身は完全に悪魔の腕に収まってしまった。彼の右手がこちらの頭を捉え、指で髪をすくように撫でていく。

「逃げたりしませんから……その、離してください」

私の言葉など華麗に無視して、彼の指先は私の長い髪を絡めとる。

「次また僕から離れたら、即刻病院のベッドに縛りつけるよ」

「病院の、ですか？」

「今の君じゃ、助けを呼べない場所で身動きを封じるのも殺したことになりかねないんでね」

彼の声は冷ややかで容赦ないのに、その手つきは妙に優しい。

「……殺したら、どうなるんですか？」

「ん？」

「私はあなたに殺されたとしても、ちゃんと魂を差し上げますよ」

「君の意思は関係ない」

冷たい掌が頬に触れ、親指がゆっくりと唇をなぞっていく。

「既に君の魂には印を付けてある。だからどんな死にざまを迎えようが、君が僕のものになることはもう決まっている」

「だったら」

「けれどもそれは、契約が成立していることが大前提だ。この契約は君が死ぬまで成立しないから」

「私のことは殺せない？　結局、私を殺したらどうなるんですか？」

悪魔は答えなかった。黙ったまま、私の頬を撫で続けていた。

「教えてください」

「うん？」

「はぐらかさないでください」

再度頼むと彼は小さく溜め息をつき、やがてぽつりと呟いた。

「……分からないんだ。僕にも」

「え？」

「悪魔が契約を違えることなどあり得ない。できない約束はしないし、わざわざ背く理由もない。だから、そんな『もしも』はナンセンスだ。契約不履行の悪魔なんて聞いたことがない……はずだったのにさ」

「全く、今すぐ殺してどうなるのか確かめてみたくなるよ」

優しく私を拘束する彼の手が、少しだけ、震えているような気がした。

「悪魔さん？」

ほんの一瞬、彼の心の内が垣間見えたように思えた。

しかしそれは本当に一瞬のことで、すぐにまた底知れない「悪魔」に戻ってしまう。

「もしも契約違反にペナルティがあるのなら、君だってどうなるか分からない。あの世にも逝けず、僕のものになることも叶わず、死後のよすがを失って悪魔に食べられるよりも恐ろしい目に遭うかもしれないね」

「それは……困ります。たぶん」

「だろ？　だから君は余計なことは考えず、さっさと自殺すべきなんだ」

悪魔はそう結論づけて私を解放した。彼に殺されるわけにはいかないことはよく分かったが――そこでふと、今座っているのが誰のベッドであるかを思い出す。

「でも、高塚さんはどう生きるか考えるべきだって話してました」

隣人の言葉を彼は一笑に付す。

「あの男が言いそうなことだね」

「分かるんですか、高塚さんのこと？」

問えば悪魔は、全面に悪意を込めた笑顔を浮かべて呟く。

「あの男、僕は好かないな」

高塚さんは悪魔を「あの男」と呼び、悪魔は高塚さんを「あの男」と呼ぶ。そして二人とも私を掌の上で転がしながら互いのことを否定する。そんなことあり得ないのに、なんだか二股を掛けているみたいだ。

「悪魔にも人間の好き嫌いがあるんですか？」

「そりゃあるさ」

改めて彼はベッドの上に胡坐をかき、私の隣に座っている。これでも十分近いけれど、先程と比べると急に「普通」が戻ってきたように感じる。

「悪魔は人間の強い願いに引き寄せられる。その方が契約も早くまとまるし、欲深い活きのいい魂の方が僕にとっては美味しいんだよ」

「高塚さんが美味しくないタイプなんですか？」

都合のいい男だと卑下してはいたものの、そんなに「活きが悪い」ようにも思えない。むしろ私の方が、人生詰んだと諦めきったまるで旨味のなさそうな人間ではないか。

「いや、あの男はなんというか……どう転んでも悪魔との取り引きに応じないタイプなんだ」

「ええ？」

そんな人間いたのか。いや、いてほしいけども。

「高塚さん、実は欲のない人だったんですね」

「そんな人間いるわけないだろう」

悪魔はぴしゃりと断じた。

「一般に欲がないとされているような人間は、現状に満足しているだけだ。だからその幸せが崩れ去ったり思わぬところから欲望を刺激されたりした際は、むしろ積極的に悪魔を呼び出す側に回ることになる。君にもそういうところがあるね」

全てを諦めていたくせに死の間際になって急に悪あがきを始めた私は、頷くしかできない。

「じゃあ、悪魔と契約しないのはどういう人なんですか？」

「欲しいものを全て自力で手に入れられる人間、かな」

「へ？」

確かに女性には困っていないようだったが……こんな安アパートに住んで、自分は都合のいい男だなんてうそぶいていた人間が？

「あの男には欲しいものを自ら手に入れようとする我の強さと、自分の手からこぼれ落ちたものをさっさと忘れる諦めの良さが上手いこと共存している」

言葉にされると思い当たる節がある。彼は躊躇なくちょっかいを掛けてくる割に意外と手を引っ込めるのが早いというか、突き放した時は深追いはしてこない。

「おまけに手に入らないものを高望みしない判断力を持ち合わせているのに、性格的にはかなりの楽天家。きっと悪魔の力を借りずとも、身の丈に合った人生を謳歌しているだろうね」

高塚さん、そんなにすごい男だったのか。

「ああいう人間はちゃっかりと自分が幸せになれる道を選べるんだよ。だから君が彼と一緒にいたところで、惨めになるだけだと思うな」

悪魔の指先が――今度は人差し指が――唇に触れる。契約の際にこの男と交わしたキスも衝撃的だったが、高塚さんと交わしたキスも心地よかった。その先が知りたくなる口づけだった。

「……そんなの、分からないじゃないですか」

「早速影響を受けてるじゃないか。やっぱり君には病院で寝ていてもらおうかな」

苦笑する悪魔の表情が少々人間めいて見えたのも、彼の影響だったりするのだろうか。

五　対局

悪魔にこってりしぼられて（？）から、私たちは高塚さんの部屋を後にする。

ローテーブルの上に合鍵が置いてあって、返却はいつでも構わない旨がメモに記されていた。

隣人にわざわざ「郵便受けに」みたいな指示が必要ないのは分かるが、ちょっと信用しすぎではないだろうか。

「石上さん？」

外の通路に出たところで、もう一人のお節介と遭遇した。

「……滝川さん？」

「お会いできて良かったです。諦めて帰ろうかと思っていたところでした」

二〇二号室の前にいた滝川透子は、初めて会った時と同じように私の手を取ってぶんぶんと振った。帰ろうと思っていたところなら、もう少し悪魔にしぼられていれば良かった。

「ところで今、お隣から出てきました？」

「えっと……」

おまけに私の後に続いて出てきた悪魔まで、姿を見られてしまう。

「あなた、お隣さんだったんですか!?」

違うと言ったら更にややこしいことになりそうで、曖昧に頷いてそういうことにしてしまった。

「病身の隣人をたぶらかしますか。とんでもない男ですね」

冷たい視線を浴びせながら放った彼女の台詞は、本物の隣人にもちょっと聞かせてやりたくなる。

「それで滝川さん、ご用件は？　病院の精算は済ませましたよ」

「はい、ですから今日は個人的に来ました」

「個人的に？」

「もう一度病院に戻っていただけないかと説得しに来たんですけど」

色よい返事をもらえないことも想定していたのだろう。滝川さんはまるで別の角度から攻めてきた。

「石上さん、勝負しましょう」

「はい？」

「将棋です。私が勝ったらもう一回、医師の治療を受けてください」

「……どうして？」

「先日、お部屋で将棋盤を拝見したので」

どうして私に構うのかと尋ねたつもりだったが、よくよく考えてみるとこの勝負は私に都合がいい。

「それってつまり、負けたら説得を諦めるということですか？」

「もちろんです」

これでも私は元奨励会員である。それを隠したまま受けて立つのは少々気が引けるが、挑んできたのは彼女の方だ。

「今の言葉、忘れないでくださいよ」

そう念を押して滝川さんを部屋に招き入れた。

将棋盤の埃を払って、約七年ぶりの対局が始まる。振り駒の結果私が先手番となったので、遠慮なく得意戦法だった中飛車を採用させてもらった。

パチパチと小気味よい駒音を聞くのも、きっと七年ぶりだ。

後手も三筋に飛車を振り、盤上は相振り飛車の駒組みが始まる。自ら勝負を挑んできただけあって滝川さんはなかなか筋がいい。

攻めの組み立てを考えていると、唐突に彼女が尋ねた。

「彼氏さんとは指さないんですか？」

「……はい？」

「いい趣味だと思います。病室での暇つぶしには、特に」

彼女がチラと悪魔を見やる。

「僕？　僕は指さないよ。あんまり興味もないしね」

「なら、入院中は私がお相手しますね」

そこへ話を結びつけたかったのか。負けても簡単には引き下がらないための伏線にしか聞こえないが、この切り口は間違っている。

「残念ながら将棋は趣味じゃないんです。もうずっと指してませんでしたし」

人生を棒に振ることになったこのゲームを、純粋に楽しむことなどできやしないのだ。

「だったら、私にも勝機はありそうですね」

こちらが攻めあぐねているうちに後手の桂馬が跳ねてきた。

一見して桂の高跳びだったが、続けざまに銀も繰り出され、思いの外勢いのある仕掛けであることに気付く。こんなの素人の攻め将棋のはずなのに、上手く受け止める手順が思い付かない――。

「もしかして苦戦してる？」

盤上を覗き込んでいた悪魔が、ニヤリと笑って聞いてくる。

「大丈夫です」

「勝たせてあげようか？」

「え？」

これには私も、滝川さんも驚いた。

「そんなに驚くことかい？　ふざけた勝負で君が病院送りになるのは、僕としても避けたいからね」

「でも、勝たせるって何するつもりですか？」

「次に指すべき手を教えてあげるだけだよ」

それとも悪魔の力でイカサマした方がいいのかと耳打ちしてきた。私は慌てて首を振ったが、それが既に滝川さんの目には作戦会議に映ったらしい。

「一度も指したことのない人が、何を言ってるんですか」

「こんなゲーム、人間相手じゃ簡単すぎてつまらないだけだよ」

「な……」

ヒヤリとしたのは私だ。何せ悪魔である。しかし――。

「それって将棋ソフト相手に指しているってことですか。だったら石上さんとも指せばいいじゃないですか」

ＡＩの進歩のおかげだろうか、彼女は勝手に勘違いをしてくれた。そんなこちらの動揺も意に介さずに悪魔は笑っている。

「で、さっきから手が止まっているけど、僕が代わりに次の手を指してあげようか？」

私が返事をする前に、彼は駒を動かしてしまった。

「ちょっと！」

しかし指されてみれば確かに受けの妙手で、今度は滝川さんが攻めの足掛かりを見失った。さすがにちょっと申し訳なくなって、じっと盤上を見下ろす彼女にお伺いを立ててみる。

「あの、いいんですか？　今の一手は私が考えたわけじゃ」

「いいに決まってるじゃないですか。彼氏さんが石上さんを引き留めたいのなら、私はこの人にも勝たなきゃいけないんです」

「いや、それはたぶん無理――」

何故か彼女に睨まれる。

「私には勝つ気満々だったくせに、相手もしてくれない彼氏さんに勝手に負けを認めないでください」

だって勝てるわけないではないか。

結局、悪魔の参戦により滝川さんがコテンパンに叩きのめされる結果になってしまった。

「……完敗です。彼氏さん、めちゃくちゃ強いじゃないですか」

「滝川さんこそ、思っていた以上に強くてびっくりしました」

形式的に勝った私が言う。悪魔は既に対局への興味を失って、ごろりと床に仰向けになっている。

「石上さんが勝ったら、これ以上説得はしないということでしたね」

「それなんですけど。代わりにちょっと付き合ってほしい場所がありまして」

「へ？」

「だってなんか、全然勝った気がしないので……もう来るなと追い返すのも気が引けて」

説得を諦めてくれるに越したことはない。が、滝川さんの敗北はあまりに理不尽ではないだろうか。

「ちょっと、何のために勝ってあげたと思ってるの？　君、そんなふうに自分が死にそこなってきたこと、分かってるんだよね？」

「死にそこなってきたなんて、変なこと言わないでください」

滝川さんの前で無理やりに取り繕う私に一瞥をくれた後、悪魔は呆れた顔して天井を仰いでいた。


そんなわけで、私たちは焼き肉店にやってきた。

ボックスシートの席に着くなり、とりあえずと言いながら牛タンからカルビ、ロース、ハラミまで二人前ずつ注文しておく。フレンチのコース料理とはえらい違いだ。

オーダーを終えたところで、向かいに座る滝川さんが聞いてきた。

「あの、石上さん。何で焼き肉に……？」

「この前、滝川さんからやりたいことを聞かれた時に、死ぬ前に美味しいものは食べておこうかと思ったんです」

「……それ、食事制限とか大丈夫ですか？」

隣で悪魔が噴き出した。

「病院を抜け出しておいて、そんなもの気にしているわけがないだろう」

まさかこの男に突っ込まれるとは。

「食事制限はさておき、せっかく最後の晩餐をいただこうと思った矢先に彼がとんでもなく偏食だと知ったんですよ。だから二人でご飯というわけにはいかなくて」

正面から悪魔に見つめられ、そのうち自分がこの男に食べられるのだと意識しながら食事をするのはなかなか辛い。だから滝川さんが現れて、しかも賭けで微妙な勝ち方をするという格好の口実が得られた今を逃す手はなかった。

やってきた肉をせっせと焼く私と、例によって水すら手を付けない悪魔を見比べながら滝川さんは尋ねた。

「彼氏さん、食べないのに何でついてきたんですか？」

真っ当な疑問だが、よく口にできるなと感心してしまう。

「ずっと一緒にいると約束しているからね」

こちらも私の方が気恥ずかしくなる台詞だが、悪魔はしれっと口にするのである。

「この男のことは気にしないでください。とりあえず美味しくいただきましょう」

もう一つ、焼き肉を選んだ理由はテーブルの上で各自が調理するスタイルだからだ。取り分けもこちらのさじ加減でできるし、食べないというマナー違反も目立たないだろうという計算である。

「石上さん、ホントに元気ですよね」

「え？」

早速肉を頬張りながら、次の肉も焼き始めた私を滝川さんがまじまじと見つめる。

「私、ずっとあなたのことが心配で、できる範囲で病状を調べていたんですよ。絶対安静というよりそもそも動けないはずの患者さんが病室を抜け出して、しかも目の前で焼き肉を食している状況がまだ呑み込めなくて」

医療事務スタッフがどれくらい患者情報を取得できるのかは分からないが、この状況は私自身も驚きである。思ったより食欲があるので、追加の肉と一緒に石焼ビビンバとコムタンスープもオーダーしよう。

「石上さん、やっぱりもう一度診察を受けませんか？　それだけ全身状態が良ければ、手術の適用とか、治療の選択肢も前より増えると思いますよ」

「まさか」

今の元気が全て悪魔のおかげであることは明白だ。昨夜は彼の元から離れたせいで、また倒れてしまったし。

「私はどうせ死ぬんです。そんなことより食べましょう」

だから思いっきり肉を食らう。その姿を滝川さんは少々気後れした様子で見つめている。

「石上さんって、元気なのか無気力なのかよく分かりません」

「この前会った時はだいぶ無気力でしたね。でも、治療を受けるかどうかはともかくとして、今は死ぬまでちゃんと生きてもいいかなという気がしてきています」

さらりとそんな言葉が出てきた。隣で悪魔が溜め息をつく。

「いつかそう言い出す気がしていたよ」

「完全に高塚さんのせいですね」

不用意に隣人の名を口にしたところ、滝川さんが反応を示す。

「彼氏さんのおかげなんですか？」

「へ？」

彼女の視線は悪魔に向かっていた。

「高塚って、彼氏さんですよね？　お隣の表札がそうだったと思いますけど」

ああ、この男がお隣さんということになっていたんだっけ。

「そうとも言えますかね……ええっと、完全に紹介するタイミングを失っていましたが、お隣の高塚和彦さんです」

悪魔がニッコリ微笑む。なんだかどんどん話がややこしくなっている気がする。

思う存分肉を食べ、店を出てタクシーに乗った時に、事件は起こった。

そもそもたいした距離ではないのに滝川さんが私の体調を心配してタクシーを捕まえたのだが、二人目を乗せた時点で彼女は「出して」と運転手を急き立てた。つまりは悪魔が乗り込む前に。

「このまま病院へ戻りましょう。美味しいご飯は食べたしいいですよね」

「……何で？」

「石上さんの体調が心配だからです」

滝川さんは真顔で告げた。

「どうしてそこまで私に構うんですか？」

「それ、僕も聞きたいな」

「へ？」

助手席に、悪魔が座っていた。

「どうしてそこに？」

青ざめた滝川さんにニコリと笑顔を向け、彼は隣の運転手に尋ねた。

「僕、最初からここにいたよね？」

「……はい」

出発した時にはいなかったと思うが、悪魔がそう主張するのならそういうことにしておこう。

「で、君は何で彼女にこだわるの？」

彼が興味を持つのは意外だったが、私も気になっているところなので重ねて問いかけた。

「滝川さん、教えてください」

やがて彼女は静かに口を開いた。

「実は私、子供の頃に石上さんに会っているんですよね」

「はい⁉」

何そのベタな恋愛小説みたいな展開は？

「私が会ったというよりは私の親友が会っていて、それをたまたま覚えていたという感じなんですけど」

「どういうことですか？」

黙って待っていても続きは語られるだろうに、つい催促してしまう。

「その子は将棋が好きで得意で、教室とか将棋会館とか、そういうところに何度か出入りしていたんです。私も彼女に付き添って……それで石上さんと親友の対局を見ているんです」

「ウソ？」

「嘘ついてどうするんですか？」

似たような切り返しを前にもされた気がする。私ってそこまで疑り深い反応をしているのだろうか。

「あの子は私たちの周りじゃ敵なしだったから、同じ年頃の女の子に負けて相当悔しがっていた。だからはっきりと覚えています。あれから二十年近く経ってますけど、同姓同名で将棋指しで、あなたに間違いありません」

先程の勝負はリベンジマッチも兼ねていたのだと、少々冗談めかして言う。

「彼女にリベンジの機会があったらきっと勝ったと思いますよ。その時から比べてびっくりするほど強くなったので」

「そうですか」

「ええ。もし身体が丈夫だったら、プロ棋士だろうと女流棋士だろうと、すぐになれたと思います」

「……え？」

「あ、いや」

彼女は小首を傾げ、変なところに訂正を入れた。

「ベッドの上で将棋ばかり指していたから強くなったところもあるので、元気だったら他の趣味に突っ走った可能性もありますね」

「その方は、今は……？」

答えるまでに少し間が空いた。一歩手前で立ち止まったのは話しづらかったからだと、答えを聞いて理解した。

「亡くなりました。大人にもなれないまま」

滝川さんが神妙な面持ちでこちらを見つめている。

「だから私、石上さんには死んでほしくないんです」

「なるほどね」

それなのに、助手席からは緊張感に欠ける声が飛んできた。

「つまり、君は死んだ親友と彼女を重ね合わせているわけだ」

「重ね合わせてなんかいませんよ。あの子の方がずっと可愛かったし」

少々ムキになったように滝川さんが否定する。なんだか失礼なことを言われた気もするが、私に可愛げがないのは事実だろう。

「まさに唯一無二の親友ってことか」

悪魔が呟いた。そして先程までとは一線を画す芯のある声で尋ねた。

「その子に会いたいかい？」

「え？」

「もう一度会いたいって、そんなことばかり考えている。違うかい？」

「否定はできませんけど……」

「君は途轍もない幸運の持ち主だね」

突如、タクシーが停まった。

どこに着いたわけでもないのに悪魔が助手席から降りると、後部座席のドアが開いて私と滝川さんも外に出ることになった。悪魔の力にあてられている運転手が料金を精算することなく車を出そうとしたので、千円札だけ押しつけておく。

「もう少し詳しく教えてもらえる？　君の親友のこと」

「え？」

彼の魂胆が分かってしまった。

——この男、滝川さんと契約を交わそうとしている。

「名前はアイハラユウリ。私と同い年で、家が近所だったから小学校に入る前から仲が良くて」

彼女もまた悪魔の力にあてられているのだろうか。トロッとした瞳で彼を見つめたまま、ペラペラと親友のことを話している。

「その頃から身体が弱かったんです。彼女自身、長生きできないことは悟っているようでした。それでもやりたいことは全部やり尽くすぞって感じで、一生懸命で。彼女が行きたいっていった場所には、私はどこへでも車椅子を押していきました」

……車椅子？

「その子、将棋教室にも車椅子で行ったんですか？」

急な横やりに戸惑いつつ、滝川さんが頷く。

「そうですけど」

「だとしたら私、覚えてるかもしれません。一度だけ車椅子に乗ってやってきた子！」

確かに強かった。お互い子供だったから、ノーガードで殴り合うような将棋を指したはずだ。

「あの子、言ったんです。私に勝ったんだからプロになってよ、って。だから私――」

奨励会に入って、人生棒に振ったと思い込んでいた。

たぶん、病気のことは上手く隠していたのだろう。今の今までちょっとした怪我だと思い込んでいた。ひょっとしたら病気だとばれないようにするために、同じ教室に何度も通うことはしなかったのかもしれない。

「プロになってって、あの子本気だったんですね。自分の代わりに私に叶えてほしかったんですね」

それなのに私は、なんとなく入会してあっさりやめてしまった。年齢制限があることをありがたいとさえ感じてしまった。その子は大人にすらなれなかったというのに。

「ごめんなさい」

「どうして石上さんが謝るんですか？」

「それは……」

言われてみれば、私が謝るいわれはない。それでも考えすぎるくらいよく考えるこの頭は、もっと何かできたのではないかと考えてしまう。

「君には無理だよ」

悪魔が美しく微笑んでいる。

「君に親友の代わりは務まらないから、僕が必要なんだ」

「ダメです！」

次の瞬間、私は彼の胸ぐらを掴んでいた。

だって悪魔が「生き返らせた」死者は、精巧な作り物で、都合のいい人形でしかなくて――。

「そんなことさせません！」

「……分かった。では君が死ぬのを待つとしよう」

悪魔はニヤニヤしながら私を見下ろしていた。

「どうせたいした時間じゃないしね」

ああ、全くその通りではないか。

「滝川さん」

「へ？　あ、はい」

「私、今度こそやるべきことができたかもしれません」

自分が死ぬのを今か今かと待っている悪魔を、そう簡単に喜ばせてやるものか。

六　約束

最後に一つ、悪魔にお願いをした。

「カラオケでトイレに立った時、『そばにいる』の定義を見直してくれましたよね。もう少しだけ適用範囲を広げてもらうことはできませんか？」

「つまり？」

「一晩だけでいい、高塚さんと二人きりになりたいんです。そもそも隣の部屋って、大声を出せばギリギリお互いの声も届くと思うんですよね」

悪魔は随分と人間くさくなったしかめっ面で、溜め息をついた。

「どうしてこうも裏目に出るかな」

「裏目？」

「君を自由にしたのはさっさと死んでもらうためだったのに、いつの間にか生きる気満々じゃないか」

「はい。その分死んだら悪魔さんにとって美味しい魂ってやつになっていると思います」

「そういうことじゃないんだよ」

ぶつくさ文句を言いながら、彼は私のお願いを聞き入れてくれた。

「最後のお願いが通ることもあるんですね」

「うん？」

「将棋だと『最後のお願い』は敗色濃厚になってから放つ勝負手のことを意味します。基本的には通らないいんですけど、負けが決まってから攻めの姿勢だけ見せる形作りとは違って、一応逆転の可能性はある一手です」

「君の人生は詰んでるんじゃなかったの？」

「詰んでたって、手番さえあれば勝負はできるんですよ」

借りたままの合鍵を使って高塚さんの部屋に入り、私は一人で彼の帰りを待っていた。しかし――。

最後の夜は思ったようにはいかなかった。

玄関を解錠する音を聞きつけて出迎えると、彼は傍らに女性を連れていた。

「千広さん、いたんですか⁉」

しかもその顔に見覚えがある。ああ、カラオケから帰ってきた朝にすれ違った人だ。

「いるなら連絡くらいしてくださいよ」

動揺が敬語に表れている。今までずっと馴れ馴れしかったくせに。

「無茶を言わないでください。私、あなたの連絡先なんて知りませんから」

「そうだけど」

高塚さんはハッとして扉を閉めた。

部屋の中に私を置き去りにして、表で連れてきた彼女と話し込んでいる。きっと勝手に押しかけた淋しい女であることを釈明して、そのままどこかへ行ってしまうのだろう。なんたってあの男は、私を救急車に乗せた後も彼女としけこんで、そのくせ心配していたと堂々うそぶける人間なのだ。

それならそれで仕方ない。残された時間の使い方を考え直すだけだ。

「お持たせ」

「……え？」

一人で戻ってきた高塚さんに、問答無用で抱きしめられた。

「高塚さん、あの人は？」

「ん？」

「先約がいたんじゃないんですか？」

「今日の先約は千広ちゃんの方だよ」

唐突なちゃん付けにビクリとした。この男は悪魔と違い、意識して距離を詰めている。あんまり振り回されるわけにはいかない。

「いいんですか？」

「彼女にとって俺は都合のいい男だから、別に俺じゃなくてもいいんだよ。けど、千広ちゃんは違うよね?」

　私はぎこちなく頷いていた。

「体調は、もう大丈夫?」

「今日は大丈夫です。でも、今日で最後です」

「最後って――」

「明日、病院に行きます。それで……一番長く生きられる治療方法を相談しようと思います」

「ホントに?」

　彼の表情がパッと華やいだ。本当に素直でいい人だと思う。

「そうなったらもう、病院から出られることはないと思います。でもちゃんと生きてみせますから、その……思い出だけくれませんか?」

「分かった」

　高塚さんがキスをする。いまだに応じ方が分からない私は、されるがまま彼にしがみついていた。

「でも最後なんて言わせないよ。入院中はお見舞いにも行くし、元気になったらちゃんとしたデートをしよう」

「……はい」

　どうせそんな未来は起こらないけれど、この人は私の最後の希望なのだ。

　外着のまま抱きしめていた高塚さんがおもむろにコートを脱ぐ。ベッドの前まで誘導し、押し倒す——かと思ったらもっと優しく、肩を抱くようにして私を座らせた。

「でも思い出って、こういうことでいいの？」

コクコクと小刻みに頷く。

「千広ちゃん」

クイと顎を持ち上げて、高塚さんがじっとこちらを見つめた。

「もしかして、怖いの？」

相手が手練れというのも考えものだ。自称都合のいい男がこちらの反応をつぶさに観察してくるから、私も手の内を開示する。

「私、そういう経験が全然なくて……初めて抱きしめられた男性が高塚さんなんです」

「じゃあ、もしかしてキスも」

「それは……あります、けど」

実は悪魔との契約がファーストキスだなんて、そんな悲しいこと、言えない。

「そっか」

高塚さんは優しく私を抱きしめた。

「緊張することないよ。俺は君が嫌なことはしないから。痛かったり辛かったりしたらすぐやめるから」

「でも」

「都合のいい男を舐めないでよ」

二人で、ベッドに倒れ込んだ。

彼がキスをしながら頬を撫でまわす。それから耳を、首を、指先と唇が順に這っていく。

「触るよ」

「へ？」

もうとっくに触っているじゃないか。と、思ったら服の隙間から彼の手が滑り込んできた。ウエストをなぞり、下着の上から胸をまさぐる。

固まっている私の耳元で、高塚さんは優しくささやいた。

「大丈夫？」

「は……はい」

狼狽えながらも頷いたら、手探りで背中のホックをするりと外しにかかる手際の良さである。

彼の手が直接乳房に触れる。その指が先端を探り当てる。

「やだ」

反射的に漏れた声を聞き、今度は甘えたように尋ねてきた。

「ダメ？」

ふるふると首を振る。それをどちらに解釈したのか、彼は一度手を離し、おもむろに服を脱がせていく。

高塚さんの言葉はずるい。事後承諾と拡大解釈を織り交ぜて退路を断っていく。私はそれが気持ちいいのかも判断が付かないまま、彼の愛撫に身を任せていた。

対してこちらの手際は最悪だったけれど、彼は嫌な顔一つせずに全て受け入れてくれた。その気配りに関しては、舐めるなと言うだけはあっただろう。

「千広ちゃん、痛くない？」

「……分かんないです」

痛いか痛くないかでいえば痛かった。と、思う。けれども私は、初めての痛みを訴える余裕すらなく必死だった。

「気持ちいい？」

「……」

何を言われても、最終的にはぶんぶんと首を振るしかできない。そんなこちらの表情を窺いながら、高塚さんは少しずつ丁寧に昇りつめていく。彼が感じてくれるのなら、少なくとも恥をかいて後悔することはないだろう。と、私はまた余計なことを考えながら流れに食らいついていた。

何がなんだか分からないままことが終わった後、彼の腕の中で私は唐突に切り出した。

「高塚さん」

「うん？」

「……私、悪魔にとり憑かれているんです」

「え？」

優しく頭を撫でてくれていた彼の手が、ピタリと止まる。

「彼が教えてくれました。高塚さんは絶対に悪魔に魂を売り渡したりしない人だって」

「千広ちゃん？」

「だから私は、あなたといると惨めになるんだそうです」

そんなことまで話すつもりはなかった。ただ、このまま大人しく彼に抱かれて美しい思い出だけもらったと思われるのは嫌になったのだ。

「高塚さんこそ、今日で最後でしょう？　私のお見舞いなんか来てくれませんよね」

「そんなこと」

「今は思ってなくてもそうなるんです。あなたはたくさんの人たちに囲まれていて、みんなに対していい顔をせずにはいられない。だから自分の手が届かなくなった人から無意識に切り捨てていくんです」

目の前にいる彼は私のことだけを考えてくれる。でも、明日になったら——救急車を呼んだ時がそうであったように、入院している隣人のことなんかすぐに忘れてしまうだろう。

「それが高塚さんの処世術ですから、とやかく言うつもりはありません。悪魔すら寄せつけない最強の男が隣に住んでいたことは、きっと私にとっても幸運でしたし」

「悪魔って……？」

「私に付きまとっていた男がいるじゃないですか」

高塚さんが眉根を寄せた。信じているのかいないのか、黙り込んでしまったので茶化しておく。

「あいつのこと、たまに悪魔って呼んでるんです。すっごく性格が悪いので」

「ああ、そういうこと」

彼が安堵の表情を浮かべる。もしかして、ちょっと信じてた？

「もしあなたが都合のいい男で終わりたくないのなら、一つ頼まれてくれませんか？」

「何？」

「私、死ぬ前に助けたい人ができたんです。でも私に残された時間は少ないし、上手くいかなかったら私の代わりに彼女を助けてあげてほしいんです」

このまま滝川さんを放っておくわけにはいかない。私が引き合わせてしまったのだから、彼女を悪魔から守るのは私の役目だ。

「……千広ちゃん、これから入院するんだよね？」

「はい。その病院の事務員で、入院中は毎日一緒に将棋を指す予定の方です。私と同じくらい淋しい女かもしれませんが、できれば手は出さずに友達になってもらえると嬉しいです」

高塚さんはコックリと頷いた。刹那的に生きているこの人の約束がどれほど信用できるか分からないが、悪魔を出し抜けた気がして私は満足だった。


翌日、私は意を決して病院へ向かった。

ほんの二日前に入院費の支払いのために出向いているのに、電車に乗って都心に出るのはえらく久しぶりな気がした。私の決断に不服そうな悪魔は、黙って後ろをついてきている。

「言いたいことがあるなら言えばいいじゃないですか。悪魔のくせに、何一人でむくれてるんですか？」

信号待ちで立ち止まった際、思い切って声を掛けた。今はもうただの年下の男の子にしか見えない。

「特にないよ。君が病室に閉じ込められて、やっぱり殺してくれとか外に出たいとか泣き出すまではね」

「私が泣き出したら、なんて言うの？」

「ほら見ろ」

どうしよう。もはや笑えてくるのだけど。

「それまでは黙ってるってこと？」

「そうだよ。話し相手が欲しくて僕をそばに置いたのに、無視され続けたら君はすぐに泣き出すだろうね」

彼の指摘はもっともだが、きっとそうはならない。何故ってこの男も意外とおしゃべりが好きだからだ。しかも悪魔として自由気ままに振る舞ってきたせいで、我慢というものを知らない。

「俄然楽しみになってきました」

「何でそうなるんだよ？」

信号が青に変わる。悪魔と会話していた私は、周囲から少しだけ遅れて一歩目を踏み出した——はずだった。

ガクン、と身体から力が抜ける。そのまま崩れ落ちるように私は地面に倒れ込んだ。

「どうしたの？」

分からない。必死に立ち上がろうとして起こした顔を、悪魔が覗き込んだ。

「……もしかして、動けないの？」

その表情が歪な笑顔に変わっていく。

なんとか身体を起こそうと両手をついたが、重くて全く動けなかった。

「どうして……？」

「そりゃ、どう考えても君の寿命が尽きたんだ。僕がついているうちは動けるはずなんだから」

黒々とした瞳が、冷ややかにこちらを見下ろしている。

「いや」

「うん？」

「困ります。まだ死ぬわけにはいかないんです」

「そうはいっても君の寿命だからね、僕にはどうしようもないんだよ」

彼は心底愉快そうだった。このタイミングで倒れた私が面白くて仕方がないと、嘲笑っているようにしか見えなかった。

「もしかして、知ってたんですか？」

私が病院まで辿り着けないと分かっていながら、隣でむくれたふりをしていたの？

「まさか」

それは本当だと、彼が少々真面目な顔を作り直す。

「君がいつ死ぬのか、僕にはさっぱり分からなかった。基本的に悪魔は人間の生死には関わらないからね」

「……助けて。誰か」

「無駄だよ」

往来に人はいくらでもいるのに、悪魔がついているせいか誰もこちらを気に掛けることなく通り過ぎていく。

ならばと今度は、目の前の悪魔に縋りついた。

「お願い、助けて！」

「こればっかりは僕でも無理だな。君の肉体は、既に魂の器としての役割を終えつつある。無理やりつなぎ止めたところでゾンビになるだけだって、最初に教えてあげただろ？」

「それでもいい。まだ死にたくないんです」

私の訴えはもはや言葉になっていなかった。悪魔にしか届かないかすれた声で、何度も助けてと叫び続ける。

「君は本当に幸せ者だね」

ふわりと上体が持ち上がる。瞬間、もう死んでしまったのかと焦ったが、まだ冷たい地面も悪魔の腕もはっきりと感じられた。

「あんなに死にたかったのに、君は今生きたくて生きたくて仕方がない。最後の力を振り絞って生を全うしようとしている。悪魔と契約しながらそんな死に方ができる人間、なかなかいないよ」

　そんなの、何の慰めにもなっていない。

「ほら、僕の手の中で死にたかったんだろう?」

「いや!」

　反射的にその手を振り払おうとしたのだが、できなかった。ぐったり動かない身体を悪魔が軽々と抱え上げる。

「一人で死にたくないんだろう?　僕がついててあげるよ」

「嫌です。私は──」

「あの男の方がいいとでも言うのかい?」

　しかと抱きしめられた時、初めて彼の手を温かく感じた。

「……そうじゃ、ないですけど」

「なら良かった」

　本当に安堵したかのように、悪魔は優しくささやいた。刹那、その満面の笑みにほだされたような感覚が芽生えたが、それでも私は諦められなかった。

「お願いだから、もう少しだけ」

「うん、僕ももう少しだけこうしていたいな。君と過ごした時間は、思いがけず楽しかったよ」

「そうじゃなくて」

「こんなに僕のものになるのが待ち遠しかった人間は初めてだ。それなのに、なんだろうね。ちょっと淋しくなってしまうな」

悪魔のセンチメンタルなんて知ったことではない。

いや、淋しくなるならまだ私を生かしておいてくれないか。

「でもごめんね。僕は悪魔だから……一番欲しいのは、やっぱり君の魂なんだよ」

「助けて、お願い……」

「おやすみ」

ダメだ。死んだら困るのだ。私はまだ、死ぬわけには――。

了

【著者プロフィール】

亀山 真一（かめやま しんいち）

1993年生まれ、東京都出身。
首都大学東京 都市教養学部（現 東京都立大学 人文社会学部）卒。
2018年大学の卒業制作として書いた『勇者と魔法と歌声と』を
文芸社より出版。
ウェブ上では主に「note」と「はりこのトラの穴」にて作品を
公開し、現在は別名でライトノベルも執筆中。

人生の切り売り

2023年9月22日　第1刷発行

著　者　　亀山真一
発行人　　久保田貴幸

発行元　　株式会社 幻冬舎メディアコンサルティング
〒151-0051　東京都渋谷区千駄ヶ谷4-9-7
電話　03-5411-6440（編集）

発売元　　株式会社 幻冬舎
〒151-0051　東京都渋谷区千駄ヶ谷4-9-7
電話　03-5411-6222（営業）

印刷・製本　中央精版印刷株式会社
装　丁　　秋庭祐貴

検印廃止

ISBN 978-4-344-94553-1 C0093
幻冬舎メディアコンサルティングＨＰ
https://www.gentosha-mc.com/